LES SURVIVANTS

DE LA

MISSION FLATTERS

PAR M. DJEBARI

ANCIEN INTERPRÈTE MILITAIRE

Explorateur

TUNIS

IMPRIMERIE BRIGOL, 14, RUE ES-SADIKIA

—

1895

LES SURVIVANTS

DE LA

MISSION FLATTERS

PAR M. DJEBARI

ANCIEN INTERPRÈTE MILITAIRE

Explorateur

TUNIS

IMPRIMERIE BRIGOL, 14, RUE ES-SADIKIA

—

1895

DU MÊME AUTEUR

(EN PRÉPARATION)

—⁓✕⁓—

Le Soudan, son passé, son présent et son avenir.

Au Pays des Touaregs.

Essai sur l'Histoire de l'Afrique centrale.

Le Centre Africain (mon itinéraire).

Ismaou *(Roman Historique)*.

AUX LECTEURS

Ce petit ouvrage ne s'adresse pas seulement à une seule catégorie privilégiée de lecteurs.

Il s'adresse à la France entière. Non pas à la France corrompue, avilie par la présence de juifs ou d'étrangers, mais à la France honnête et laborieuse.

Ce n'est pas un roman, c'est une histoire terrible. Que dis-je ? c'est une honte infligée à la première nation du monde par une population barbare ; c'est la vie de quatre Français, pris dans un guet-apens odieux, qui sont actuellement chez les sauvages.

Je les ai vus, ces quatre vaillants survivants de la Mission Flatters, qui souffrent depuis quatorze ans l'effet d'une captivité cruelle et déshonorante.

J'ai sincèrement exposé leur cause, avec toute la clarté, toute la netteté nécessaire en pareil cas ; je l'ai plaidée avec toute l'ardeur d'un honnête homme et d'un loyal militaire.

Rien n'y a fait. Au lieu d'utiliser les moyens que j'indiquais pour leur délivrance, au lieu de m'aider à le faire, on a préféré me briser !

On espérait que, réduit à la misère absolue, je finirais par ne plus parler de cette gênante affaire.

Eh bien ! non.

Aujourd'hui je m'adresse à la nation entière. C'est à elle qu'incombe le devoir de délivrer ses enfants des chaînes de l'esclavage.

Du jour où je vis ces malheureux pour la première fois, un terrible devoir m'échut. Ce devoir je le remplirai jusqu'au bout, quoi qu'il arrive.

Ce livre est donc une plaidoirie en faveur des quatre Français ayant fait preuve d'un dévouement absolu à la Patrie et non un réquisitoire contre les gens qui disposent des ressources énormes de la France, et qui laissent, volontairement, un certain nombre de Français souffrir les suites d'un honteux esclavage.

J'exposerai par conséquent, les faits, avec documents à l'appui et nous verrons si l'opinion publique, abusée une première fois, par suite de scandaleux mensonges, se laissera tromper cette fois-ci.

Juin, 1895,

M. D.

AVANT-PROPOS

La solution de la question du transsaharien s'impose ; l'amour propre national de la France y est engagé.

L'importance économique, scientifique et même politique de cette grave entreprise, n'échappe à personne, et réside toute entière dans le plus ou moins d'habileté diplomatique que nous y déploierons. Nos économistes sont unanimes, quel que soit le parti auquel ils appartiennent, à préconiser la création d'une ligne ferrée gigantesque reliant par le Sahara nos possessions Africaines. Leurs théories reposent toutes, sur des données certaines, sur des hypothèses solides, dont la réalisation pratique est indiscutable.

Le projet en principe tel qu'il a été conçu était beau, exceptionnellement avantageux ; il eut fallu le mettre immédiatement à exécution.

Nous avions commis déjà une grave imprudence en publiant ainsi nos projets sur l'*Afrique centrale*, car nous avions éveillé la convoitise coloniale de l'Angleterre, nous avions

donné à l'Allemagne l'idée de déverser en
Afrique le trop plein de sa population et de
nous gêner dans nos possessions, nous avions
troublé gratuitement la quiétude des populations des pays à faire traverser par le chemin
de fer, et enfin, nous avions donné aux défen-
seurs de l'Islam l'occasion tant désirée de dé-
ployer l'étendard du Prophète pour nous être
désagréable en attendant mieux. Aussi, pendant que nos capitalistes supputaient déjà les
dividendes à réaliser sur la merveilleuse entreprise, pendant que nous préparions nos
missions avec une indiscrétion que notre valeur et surtout notre générosité peuvent excuser, mais non justifier, partout l'alarme était
jetée, le mot d'ordre donné, et les sentinelles
installées.

Nous commettions ensuite une faute bien
plus grande encore, quand nos journaux tenaient tous ces ennemis, créés à souhait, au
courant des gestes de nos missions, et nous
préparions ainsi nous mêmes l'échec de nos
tentatives.

Les massacres de la mission Flatters et de
celle de Crampel, furent les conséquences terribles de nos indiscrétions.

Il ne faudrait pas croire que ce sont là des
faits locaux et accidentels. Non. Ces massacres
ont une cause et une signification bien plus
sérieuses qu'on ne se l'imagine généralement.

Certes, les missions d'Emin Pacha, de Stanley, furent hérissées de difficultés, mais ces difficultés, sont-elles comparables à celles que devaient rencontrer Flatters et Crampel ? Faut-il s'étonner si les seconds ont trouvé une mort glorieuse, sans doute, mais sans aucun profit ni pour l'économie générale ni pour la science, alors que les efforts des premiers ont été couronnés de succès ? Faut-il attribuer ces succès au courage ou à l'habileté plus ou moins grands des uns ou des autres ?

Non ; car les difficultés rencontrées par les premiers ne furent pas de même nature que celles auxquelles se sont heurtés les seconds. Nos voisins, en effet, ont opéré en sourdine, sans déterminer ou préciser à l'avance, le but qu'ils poursuivaient, sans surtout dévoiler leurs intentions, partant, sans agiter l'esprit des populations chez lesquelles ils devaient opérer. Ils n'ont donc eu à surmonter que des difficultés naturelles et des obstacles physiques, et à affronter les instincts d'une population sauvage, faciles à surmonter et à maîtriser au besoin.

Nos compatriotes ont eu, non seulement comme leurs heureux compétiteurs, toutes ces difficultés, tous ces obstacles à surmonter, mais encore, et c'est à cela surtout qu'il faut attribuer leur échec, ils ont trouvé pour leur barrer le passage, des populations armées, disciplinées, imbues d'idées religieuses abstraites, comprenant parfaitement l'importance politique des missions étrangères chez elles, sachant leur quiétude compromise, leur religion menacée, rebelles jusque alors à tout principe de civilisation, soutenues et entretenues dans la haine des Européens par de grandes et de puissantes confréries religieuses, ayant en horreur toute innovation dépassant le domaine de l'esprit étroit et borné, caractéristique de toutes les races primitives. Il y a loin entre la flèche d'un sauvage qui reste en extase devant un miroir et devient immobile ou inconscient sous l'influence d'une pilule d'opium ou d'un verre de rhum, et le glaive du Targui impassible, sobre, inflexible, exécutant sa consigne avec la ferme conviction qu'il défend son pays contre une hérésie envahissante tout en étant agréable à son Dieu.

Dès lors, l'échec de la Mission Flatters n'était pas douteux. Comment ne l'a-t-on pas compris?

Je ne puis m'expliquer cette singulière insouciance que par une légèreté coupable ou un complot préconçu contre la vie du vaillant colonel.

Je me refuse à croire, un seul instant, que le colonel Flatters soit ainsi allé — de propos délibéré, au-devant d'une mort inévitable, s'il n'avait été mû par de sérieux motifs. Si réellement il n'a pas entrepris son expédition sous la fâcheuse influence d'ennemis secrets, c'est qu'il voulait se suicider. Et, suicide pour suicide, il a voulu mourir en soldat sur le champ d'honneur au lieu de mourir vulgairement en lâche : on ne peut éluder ce dilemme. C'est l'une ou l'autre de ces deux hypothèses qui est seule admissible.

Jamais on ne pourra faire croire à une personne raisonnable que la seconde mission Flatters pouvait avoir une seule chance de réussite.

Une circonstance unique peut excuser les promoteurs de l'expédition aux yeux de l'histoire. On crut, peut-être, qu'en présence de difficultés insurmontables, la Mission reviendrait sur ses pas. Mais on connaissait très bien la valeur, l'intrépidité du colonel et on ne pouvait espérer, à moins d'être fou, qu'il songerait à reculer.

Nous déduirons plus tard, dans un ouvrage plus important, les raisons *politiques et intimes* qui présidèrent et préparèrent, en quelque sorte, la terrible catastrophe de Bir-El-Gharama. Pour le moment, nous allons au plus pressé : la délivrance des compagnons du colonel Flatters, actuellement en captivité chez les Touaregs.

C'est un devoir pour nous et nous n'y faillirons pas.

Tant qu'il nous restera un soufle de vie, nous ne cesserons de crier :

Délivrez les survivants de la Mission Flatters.

———▷—✳—◁———

LES SURVIVANTS

DE LA

MISSION FLATTERS

I

Le Massacre

Bien des pages ont été écrites sur le massacre de la Mission Flatters. Les pièces officielles ne manquent pas.

J'avoue que je n'ai qu'une confiance relative
en la sincérité de documents établis sous la
foi de renseignements puisés à des sources
plus ou moins irréprochables, plus ou moins
dignes d'être écoutées.

Connaissant les rouages administratifs, je
suis à même de savoir comment se pratiquent
les enquêtes. En semblables matières, on se
figure, en général, que parce que l'on a inter-
prété la déclaration d'un témoin dans un sens
quelconque, on a découvert la vérité. Bien
souvent — et c'est là le défaut de la cuirasse
des enquêtes officielles — en rivalisant de zèle
pour éclaircir un point important d'une af-

faire on s'écarte de la vérité pour n'obtenir qu'une satisfaction éphémère d'amour-propre.

Pour ne pas tomber dans ces regrettables erreurs, nous croyons devoir reproduire les faits exactement et tels que nous les avions pris sur le vif dans nos notes.

Voici d'ailleurs textuellement la narration du massacre d'après nos documents secrets :

Des longues conversations que j'ai eues avec Hadji Belhou je n'en rapporterai qu'une seule, c'est celle qui concerne le massacre de la mission Flatters.

Hadj Belhou raconte l'événement en ces termes :

« Tout d'abord vous saurez que le principe consacré en pays Touaregs est que nous n'attaquons jamais une troupe moins nombreuse que la nôtre, il est même parmi nous des gens d'une certaine valeur qui ne peuvent attaquer qu'un certain nombre de cavaliers à la fois ; tels sont nos principes et ils sont immuables. Nous étions occupés à nous faire mutuellement la guerre lorsqu'on vint nous dire que de nombreuses troupes, partant de l'Algérie, marchaient sur le nord de notre pays avec des intentions hostiles. Les rancunes particulières cessèrent aussitôt et tous les chefs de groupe, accompagnés de leurs guerriers, se rendirent à Ghat où se réunissaient tous les chefs de la Confédération Targui.

« Les Adjeur, les Hoggar, les Kell-Gress, les Kell-Aouaï, les Loumaden et même les Touaregs de Tombouctou étaient représentés dans le Myad ; les discussions durèrent au moins deux mois, et l'on finit par décider une action commune contre les envahisseurs.

« Nos espions nous avaient rapporté que l'ennemi pouvait disposer d'au moins trois cent cinquante combattants. Immédiatement, parmi toutes les tribus réunies, trois cent cinquante cavaliers, ni plus ni moins, furent désignés pour prendre part à l'expédition. Je fus choisi pour commander en chef. A la tête de ma troupe, dès que je fus en présence de l'ennemi, j'envoyai prévenir les renégats Touaregs, qui accompagnaient la colonne, de dire à son chef de retourner sur ses pas ; l'on me répondit qu'il refusait. Le lendemain je fis lever le camp et revins sur mes pas. J'envoyai ce jour là un exprès demander à l'ennemi de dire au moins le motif qui l'amenait dans le pays, et si nous devions le considérer comme ami ou comme ennemi. J'ajoutai que ceux qui l'accompagnaient étaient des traîtres et qu'il ne pouvait en aucune circonstance compter sur eux et que, si ses intentions étaient honnêtes, il n'avait qu'à se mettre sous la protection de la Confédération, payer l'Aânaya, et passer tranquillement. Deux jours après, mon exprès revint me dire que l'ennemi ne voulait entendre aucune raison, refusait la protection de la Confédération, et passerait malgré elle.

« C'était une injure grave qui m'était gratuitement faite ; mais, moi qui suis allé plusieurs fois à La Mecque et qui étais au courant de ce qui se passait dans le *Continent des blancs*, je la cachais ; j'envoyai une deuxième fois demander, au nom de Dieu et au nom du Prophète, au chef des troupes ennemies, d'entrer en pourparlers avec nous.

« Mon envoyé, battu par les Touaregs de la colonne, revint en pleurant ne m'apportant aucune réponse. Je fis immédiatement réunir tous les chefs et l'attaque fut décidée pour le moment où l'ennemi arriverait au bord du lac Oum-Gharghar.

« L'ennemi était campé au nord du lac ; quelques hommes montaient la garde autour du camp. Je réunis tous mes guerriers et vins brusquement tomber dans leur camp : tout d'abord le désordre fut indescriptible et nous eûmes le temps de mettre le feu à quelques tentes, mais bientôt l'ennemi se forma en ligne très serrée et ouvrit le feu. Dans l'obscurité ils se tuaient les uns les autres.

« La bataille dura environ deux heures, les ennemis se battirent comme des lions, mais, enfin, nous eûmes raison de tous ceux qui avaient des pantalons longs, nous en tuâmes quelques uns et nous menâmes les autres en captivité.

« Jamais de ma vie et même au temps de ma jeunesse, je n'ai vu de gens faisant preuve d'un courage aussi froid que ces gens qui portaient des pantalons longs. Quelques Touaregs pourront vous dire que Labran « à lui tout « seul nous a tué six de nos meilleurs cavaliers ; « il avait la cuisse traversée en trois endroits, « quatre coups de sabre dans la tête, deux « balles dans la cuisse gauche, et trouvait moyen « de se battre quand même. Ahmadou Ibnou « Bouden, en présence de ce courage extraor- « dinaire, ne put s'empêcher de le couvrir de « son propre corps pour empêcher les autres « de l'achever ».

« Nous distribuâmes toute la prise aux gens des Hoggar et nous gardâmes seulement les quelques hommes que nous avions fait prisonniers.

« Lorsque je me rendis à La Mecque cette année là, j'entendis plusieurs individus dire que nous avions massacré la colonne pour la voler ; j'en ris de bon cœur parce que les basses injures n'atteignent pas un Targui. »

Telle est, dans son intégralité, la version Targui sur le massacre :

Comme on le voit, la version Targui, sur la Mission, diffère de bien des points de celle des dix Arabes qui survécurent au massacre.

Qu'elles portent sur les détails, il n'y a aucun inconvénient. Le terrible événement peut avoir eu des phases multiples, saisies par les uns, négligées par d'autres ; mais ce qui ne s'explique pas ou s'explique difficilement, c'est la différence que nous relevons entre les déclarations claires, nettes et précises de Hadji Belou et celles obscures, laconiques des dix survivants de la Mission, quant à l'attaque elle-même.

Pour bien définir exactement la situation et se rendre compte d'une manière absolue des faits, nous croyons devoir analyser, dans leurs grandes lignes, les affirmations des dix Arabes, témoins plus ou moins oculaires de l'événement.

Voici, en résumé, les principaux faits qui se sont passés d'après lesdits témoins :

1° *L'attaque aurait eu lieu près d'un puits dit Bir-el-Gharama.*

De ce qui précède il résulte, d'après Hadji Belhou, que la bataille eût lieu auprès d'un lac dit : *Oum-Gharghar.*

Bir-el-Gharama est une expression arabe composée du mot بير (Bir) qui se traduit par *puits* et El-Gharama qui veut dire *Contributions*, ce qui ne voudrait rien dire. A mon avis, il y a, si réellement les lieux soient connus sous ce nom-là, une corruption éthymologique que l'on peut rétablir par le mot الغرامة El-Gharrama avec un (ra) double ce qui se traduirait logiquement par *Puits des Contribuables.*

L'expression aurait un sens compréhensible, car les Arabes, gens pratiques, ne désignent les puits, les rivières ou les montagnes que par un nom propre absolu n'ayant aucune signification réelle ou par un surnom invoquant un souvenir glorieux ou désastreux. A moins que l'expression غرامة (boueuse vaseuse), soit un adjectif tiré du mot غرم *(boue* ou plutôt *vase)* et qu'on l'ait appliqué à une terre marécageuse; alors *Bir-el-Gharama* aurait un sens plus rationnel, car il se rendrait en Français par : *Puits de la vaseuse ou boueuse* avec le mot « terre » sous-entendu comme il arrive dans la langue arabe où, souvent, la qualité qui implique un sens parfait est prise pour le qualifié. Cette dernière interprétation me paraît la plus vraie et surtout la plus appropriée aux dispositions topographiques des lieux où se passèrent les douloureux événements qui nous occupent.

En effet, cette hypothèse est la seule qui explique, quant à ce point de vue particulier, la contradiction relevée entre les divers témoins du massacre. La logique veut, en pareil cas, que le terrain était marécageux, qu'un puits y existait; qu'il est par conséquent possible que les indigènes de la mission, pour la plupart Algériens, n'ont retenu que le nom du puits comme le plus intéressant, tandis que les Touaregs ont donné le nom du lac parce qu'il a un sens plus large et plus général pour eux. Cependant, il y a lieu de croire que les lieux sont connus plus positivement sous le nom de « Lac Oum-Ghargar » pour deux raisons : ·

1º Les Touaregs dotent généralement les lieux de noms berbères, et *Bir-el-Gharama,* de quelque façon qu'on l'interprète, est une expression essentiellement arabe ;

2º En admettant que, par exception, on ait donné un nom arabe à cet endroit, l'expres sion serait impropre ; car le mot arabe, généralement adopté par les Touaregs parlant cette langue, exprimant le mot « Contributions » est : عنايـة (aanaya). Dans ce cas — et il ne saurait en être autrement — le puits en question serait appelé : *Bir-El-Aanaya.*

Dès lors, nous concluons, avec juste raison, que la scène du massacre se passa bien près d'un terrain marécageux ; qu'il n'y a pas de contradiction, quant au fond, entre les témoins, Touaregs ou Algériens, avec cette remarque, cependant, que les premiers sont beaucoup plus affirmatifs et plus précis ;

2º *Il y aurait eu trois attaques successives,* d'après les Algériens.

Il n'y en a eu qu'une, raconte Hadji Belhou.

De quel côté est la vérité?

Tout d'abord — et pour rester dans la note juste — il faut chercher le témoin qui, d'après les événements et les circonstances auxquelles il s'est trouvé mêlé, le plus porté à exagérer son rôle pour en élargir ou en restreindre le cadre.

J'avoue, en toute sincérité, que la question, présentée sous ce nouveau terrain, est très scabreuse et difficile à résoudre. Hadji Belhou, de race fière et orgueilleuse, n'a-t-il pas, pour faire valoir la bravoure des siens, voulu parler des attaques partielles? Fait-il le fanfaron en dénaturant les faits pour n'en raconter que ceux qui relèvent son prestige? Les Touaregs ne mentent pas — c'est parfaitement reconnu — mais une légère exagération des faits est-elle considérée comme un mensonge? Toutes ces questions s'imposent, de prime abord, à l'esprit le moins clairvoyant; elles peuvent, à la rigueur, être vraies.

Cependant, nous devons reconnaître que si Hadji Belhou a de fortes préventions contre lui, il ne reste pas moins de bien grosses présomptions contre les dix Algériens qui survécurent au massacre.

On m'objectera que les dix individus en question, interrogés séparément, sont d'accord sur bien des détails. Eh! c'est précisément sur ces circonstances que nous nous appuyons pour suspecter leurs déclarations. Il suffit de lire leurs assertions pour en tirer la conclusion suivante :

Tant qu'ils sont tous d'accord sur un point,

leur version est identique à celle des Touaregs. Ainsi, je ne retiendrai de leurs affirmations unanimes qu'une seule : celle qui concerne spécialement le colonel Flatters, le sujet principal de cet ouvrage.

« Les témoins affirment tous, dit l'auteur de « la Mission Flatters, avoir vu le colonel dans « la mêlée, combattant, *bien que grièvement* « *blessé.* »

Dans la narration de Hadji Belhou, il n'y a pas autre chose : « Sept ou huit blessures n'ont pu empêcher « LABRAN » de tuer six de nos meilleurs cavaliers, dit-il. »

C'est à ce courage extraordinaire que « LA-BRAN » dut son salut.

En vérité ! peut-on douter, en présence de cette identité formelle, entre deux déclarations faites, à douze ans de distance, par des témoins occulaires et en deux circonstances absolument distinctes.

A priori, il est impossible de ne pas reconnaître le colonel Flatters en « LABRAN », si le doute ne pouvait subsister par la présence du capitaine Masson dans la colonne détruite.

Est-ce Flatters ou Masson ? L'affirmative ne peut se prononcer, malgré les présomptions que je développe plus haut. D'ailleurs l'avenir seul peut nous édifier sur ce point.

On comprendra facilement que l'auteur, bien que son opinion soit faite, ne peut dire qu'une chose : « Flatters ou Masson, il est du devoir de tout Français de concourir à leur délivrance. »

« Délivrons-les d'abord et nous aurons le « temps de les reconnaître. »

A ce point de vue particulier — et bien que les témoins soient d'accord sur le sujet qui m'occupe — je crois devoir affirmer que la version Targui est la plus vraisemblable, sinon la plus vraie.

En effet, à part quelques exagérations probables, essentiellement d'amour-propre national, la déclaration de Hadji Belhou est certainement sincère.

Il ne faut pas oublier que Hadjl Belhou en me racontant l'aventure croyait parler à un chérif, étranger par conséquent à la nation des victimes et son ennemi par religion ; que parlant incidemment de cette aventure, il n'avait aucune raison pour ne pas la raconter simplement et en toute sincérité.

Parlerai-je de l'affaire des dattes empoisonnées dont tous ceux qui en ont mangé devinrent subitement fous? Cette version, de source exclusivement algérienne, appartient au roman. Et nous faisons de l'histoire.

En résumé, de tous les survivants algériens de la mission Flatters aucun ne déclare avoir vu le cadavre du coionel. On ne nous dit pas, non plus, ce que sont devenus MM. l'ingénieur

Roche, le docteur Guiard et plusieurs autres
compagnons. Ce que l'enquête ne démontre pas
à cet égard, nous le démontrons dans le chapitre II de cet ouvrage.

II

Les Survivants

Pour bien se pénétrer de l'intérêt de ce que nous allons exposer, il y a lieu de placer ci-après, le passage de mes notes concernant les survivants de la mission Flatters.

Le voici en entier et tel qu'il est transcrit en chiffres sur mes notes secrètes :

« A Thaoua, j'ai vu trois individus que je crus être des Européens. L'un est de taille moyenne, les yeux bleus, le front bombé, les sourcils châtain très clair, presque blancs. Les pommettes saillantes, le teint légèrement coloré et hâlé par le soleil ; la bouche petite, bien dessinée, les lèvres de grosseur moyenne, la taille de 1 mètre 60 environ, légèrement courbée, l'allure dégagée ; les cheveux complètement blancs permettant, cependant, de conclure que cet homme a été blond. Le menton est pointu, la barbe blanche, longue et soyeuse. Il s'exprime difficilement en arabe littéral et prononce les « s » avec un son intermédiaire entre le « th » arabe et notre « s ».

« Si cette circonstance n'implique pas un défaut de langue, il a dû apprendre l'arabe dans

le département d'Alger. Il paraissait âgé de
58 à 60 ans.

« Le second est franchement brun ; ses yeux,
très vifs, sont gris ; les cils sont noirs, les sourcils également ; ces derniers sont épais et bien
dessinés. Le front est plat, avec quelques ri-
des ; les joues sont pleines et le teint forte-
ment coloré, hâlé par le soleil ; la bouche est
large, les lèvres un peu grosses, les deux
dents de devant (supérieures) séparées par un
léger espace.

« La taille de 1 mètre 72 environ, les épaules
larges et le ventre légèrement proéminent. La
barbe, taillée à l'arabe, est noire et parsemée
de poils blancs ; les moustaches sont longues
et fortes, le menton est large et carré.

« Il s'exprime assez bien en arabe ; le verbe
est haut, la parole vive et saccadée, la voix
forte et disgracieuse. Il paraît âgé de 40 à 45
ans.

« Le troisième est petit, très maigre, les yeux
bleus sans expression, les cils et les sourcils
châtain clair, le visage uni, très pâle et hâlé
par le soleil ; la bouche petite, les lèvres min-
ces, les dents bien rangées, sans défaut ;
le nez petit, bien fait, les narines très mobiles, le menton est rond, presque imberbe ;
une cicatrice partant de l'arcade sourcilière
droite et traversant le front diagonalement
vers la gauche ; une autre cicatrice en travers

du poignet droit ; il s'exprime correctement en arabe et grasseye les « r » ; il paraît avoir de 38 à 40 ans. De la manière dont il parle l'arabe on peut conclure qu'il a dû l'apprendre dans le département d'Oran.

« Quoique ayant souvent parlé, dans le Myad, avec ces trois individus, il ne m'a pas été possible de connaître, tout d'abord, leur nationalité.

« Cependant, j'eus lieu de croire qu'ils durent être pris parmi les compagnons du colonel Flatters. Ouachar, qui a dû assister au massacre de la mission, causant avec moi, n'a pu me donner des renseignements certains. Hadji Belhou, que j'ai eu l'occasion de voir plus tard, n'a pu me fixer d'une manière certaine ; cependant, d'après lui, on n'a pas dû prendre d'autres blancs depuis la destruction de la mission Flatters et, sans se rappeler positivement le signalement de ces individus, il croit, en effet, qu'ils ont été pris lors de ce massacre.

« Ouachar m'a parlé d'un individu appelé « Labran » qui avait été pris parmi les membres de la mission et fut, depuis, le compagnon d'armes de son oncle, Ahmadou Ibnou Bouden.

« Malgré toutes mes démarches, je n'ai pu voir cet individu et je soupçonne les gens du pays de me l'avoir caché.

« J'ai vu plusieurs valises et plusieurs malles chez divers individus, mais je n'ai pu voir ni initiales ni noms propres, excepté quelques grosses malles noires sur lesquelles était écrit en blanc : « Mission Flatters ». Du reste, les plaques de cuivre ont été, m'a-t-on dit, transformées en objets du pays.

« Pendant mon séjour chez les Tagaïss, j'ai été frappé par les paroles d'un indigène qui en interpellait un autre en l'appelant fils de chrétienne.

« J'ai demandé immédiatement des renseignements et voici ce que me dit Ouachar :

« Les Kell-Aouaï avaient pris, depuis long-« temps, une femme chrétienne qui voyageait « dans le pays et l'avaient vendue à un nommé « Eghmissen de l'oasis de Tagaïss, qui la con-« serva comme esclave pendant quelques an-« nées, en fit sa femme légitime et en eut trois « enfants dont l'un mourut très jeune. »

« J'ai eu l'occasion de voir les deux enfants de l'Européenne ; l'aîné est un garçon de 27 à 29 ans, le second est une femme mariée ayant environ 22 ans.

« Il paraîtrait qu'ils pratiquent toujours la religion chrétienne car, en effet, la jeune femme portait au cou un croix d'or qu'elle m'a dit tenir de sa mère.

« Je les ai pressentis sur le nom de leur mère, mais ils n'ont pu me le donner, répondant seulement qu'on ne la connaissait que sous le nom de « Chrétienne » ; je crois que c'est la présence des autres gens de la tribu qui les a empêchés de me parler franchement, car, à chacune de mes investigations, concernant ce sujet, le fils me répondait toujours : « Je te le dirai. »

« L'Européenne dont il est question parait être Mlle Tinn, cette Belge qui fut massacrée entre Mourzouk et Bilma. (*)

« Thaoua, est un vaste oasis d'environ 35 ou 40 kilomètres carrés, située sur la route d'Agadès à Tombouctou, à quatre jours de marche de cette dernière localité. Jusqu'ici nous avons donné à Tombouctou une importance commerciale qu'elle a perdue depuis longtemps. Elle a été remplacée par Thaoua.

« Thaoua appartint autrefois aux Kell-Gress, mais, depuis deux ans, elle appartient aux Loumaden qui l'ont acquise après une guerre.

« Elle est habitée par la puissante tribu des Hamadoud, dont le roi est Ahmadou Ibnou Melloul. Quant à la célèbre tribu des Aghghrar, dont le centre était Thaoua, elle n'existe plus; à peine s'il en reste trois ou quatre femmes et cinq ou six jeunes gens; cette fameuse tribu qui a longtemps commandé à tous les Touaregs, principalement pendant le règne de Souleïman Kidal, a été détruite en entier dans

---

(*) *Au Pays des Touaregs*, du même auteur (sous presse.)

les diverses guerres qu'elle a faites aux autres tribus.

« Thaoua est alimentée en eau potable par de nombreux puits et arrosée par les eaux d'un lac immense.

« Ce lac se trouve au pied des Monts Ighaghraghen qui de Thaoua en suivant une direction N.-E. Sud-Ouest, viennent aboutir à la boucle du Haut-Niger à sept ou huit journées de marche de Tombouctou. »

Un mot d'explication.

J'arrivai à Thaoua le 28 juillet 1893, vers huit heures du matin.

Ahmadou Ibnou Melloul, roi des Loumaden, après avoir fait des difficultés pour admettre notre entrée, finit par nous faire ouvrir les portes de la ville.

Lorsque nous arrivâmes sur la place de la principale mosquée, nous y trouvâmes un fort Myad assemblé,

Le roi, qui vint au devant de nous, hors les remparts, nous présenta à tout son entourage qui nous reçut avec les marques d'une cordialité parfaite.

Nous fûmes installés, Ouachar et moi, dans le palais du roi. Nos compagnons furent partagés par groupe de deux ou trois entre divers habitants de l'oasis.

C'est le soir seulement, après la prière de l'Aâcha, que je vis arriver les notables du pays ; ils n'avaient pas le visage voilé. C'est la coutume des Touaregs du sud.

Tout d'abord, je ne remarquai rien. Mais mon attention fut bientôt attirée vers un personnage de l'assemblée qui, bien que parlant l'arabe littéral avec une certaine facilité, avait un accent étranger fort prononcé.

Je me souviens très bien que la conversation roulait justement sur une question de canons, de fusils, de fortifications et d'opérations de siège telles qu'elles se pratiquent en Europe.

Ce personnage traitait toutes ces questions avec une telle compétence que je ne pus m'empêcher de ramener la conversation sur la Mekk, et plus tard sur les forces militaires de la Turquie. Je voulais savoir si cette personne n'était pas Turque ou tout au moins un Européen, au courant de nos usages militaires.

D'ailleurs, il était manifeste que l'homme qui m'intriguait tant, n'appartenait pas à la race Targui. Rien dans sa physionomie, dans ses allures, dans son langage ne pouvait faire admettre le moindre doute à cet égard ; tout établissait qu'il était étranger.

Mon étonnement fut grand, lorsque je vis, non loin de cet homme, deux autres personnes de race manifestement européenne.

Comme l'usage n'admettait pas de questionner les gens, malgré mon vif désir de connaî_ tre la vérité, je me contentai d'observer ces trois individus, me promettant de mettre adroitement la conversation sur eux chaque fois que l'occasion s'en présenterait.

Ah! ceux qui me reprochent de ne pas avoir adressé la parole aux malheureux captifs d'une race si barbare, ignorent bien les coutumes de cette race sanguinaire et féroce. Ils ne savent pas qu'une simple question, en pareilles circonstances, eut été mal interprètée et m'eût coûté la vie sans sauver celles de ceux dont je demande aujourd'hui la délivrance.

Il faut avoir vécu la vie des Touaregs, il faut avoir étudié leurs mœurs avant de me jeter la première pierre.

Ils ne savent pas les malheureux inconscients qui m'ont abreuvé de tant d'infamies que le centre Africain est le pays par excellence où il faut prudemment procéder par le fameux « fil en aiguille ». Ils ignorent ce qu'il me fallut de recherches longues et patientes pour réunir le faisceau de preuves que j'apporte aujourd'hui. Ils ignorent aussi que ce n'est que deux mois plus tard et, alors que j'étais à Birni-n'Kachéna, c'est-à-dire à 800 kilomètres de Thaoua, que j'acquis la certitude absolue que j'avais affaire aux survivants de la mission Flatters.

« Il eut fallu écrire, dit-on, un mot, une sim-« ple lettre de l'alphabet pour vous révéler à « ces gens là. »

D'accord, mais il m'eut fallu savoir immé-

diatement que c'était bien des Français aux-
quels je m'adressai.

« Pourquoi, ajoute-t-on, ne simulâtes-vous pas
« une maladie pour vous faire soigner par celui
« que vous a été désigné comme praticien. »

Naïfs va ! mais je ne sus cette particularité
que chez les Tagaïss, alors que je ne pouvais
prudemment retourner à Thaoua, à 200 kilomètres de là, pour me faire soigner.

Du reste, le lendemain, en promenant dans
l'oasis, je fus frappé par la perfection des travaux de canalisation des eaux du lac et par
l'intelligente distribution de ces eaux entre les
diverses parties de l'oasis. L'exécution de ces
travaux, à elle seule, révélait, à n'en pas douter, non seulement la présence d'un Européen
dans l'oasis, mais encore elle dénotait que cet
Européen était un homme de l'art. L'homme
le moins prévenu n'aurait pas pensé autrement.

Ce mystère me fut expliqué plus tard ; au
cours d'une conversation que j'eus avec Alala-
Ibnou-Melloul et d'autres indigènes, ces derniers ne cessaient de vanter l'excellence des
ouvrages exécutés, déclaraient qu'il n'en existait d'autres du même genre nulle part ailleurs et en attribuaient la façon au personnage
dont les allures m'impressionnèrent la veille.

Dès lors, mon but constant fut de rechercher
prudemment la vérité sur l'origine des trois

individus, sans cependant me compromettre ni compromettre leur existence par une indiscrétion trop exagérée.

Le résultat de mon enquête ne fut absolument édifiant que lorsque j'eus l'occasion de faire causer Hadji Belhou sur le massacre de la mission Flatters.

Voici, ci-après, les renseignements recueillis tels qu'ils sont relatés dans mes notes secrètes.

Ils sont forcément incohérents; mais l'on comprendra facilement que pour rester dans la note exacte de la vérité, je ne dois pas en cacher un seul mot. Dans un cas aussi grave, on ne saurait être trop sincère. Il s'agit de la vie de quatre vaillants soldats, c'est bien vrai! mais il faut pour les sauver des preuves éclatantes et irrécusables.

Je n'ai pas l'habitude de m'enthousiasmer outre mesure. Ce ne sont donc pas des mots en l'air, des apparences de preuves que j'expose en ce petit ouvrage, mais des arguments sérieux, des documents solides que j'apporte à l'appui de cette thèse que m'impose un double devoir patriotique et humanitaire.

« NOTE SECRÈTE N° 1510. — *Listes des objets ayant appartenu aux membres de la mission Flatters, vus entre les mains de divers indigènes Touaregs du Sud.*

« Détenteurs : Entre les mains de Brahim ed-

Dessouki, un revolver avec crosse en bois noir sculpté, canon d'environ 25 à 30 centimètres, culasse et canon noirs.

« Chez Hadji Belhou, une malle noire, genre cantine militaire, avec inscription : *Mission Flatters*. Cette inscription est blanche. Elle a dû être faite après coup par une main inhabile ; du reste cette inscription : Mission Flatters que nous remarquons sur d'autres objets a dû être faite dans le Sahara.

« Entre les mains de Hadji Belhou : Une grande sacoche noire à plusieurs compartiments, la monture en cuivre blanc ; derrière cette sacoche une inscription au couteau : *Mission Flatters*.

« Entre les mains de Lombark ben Moallimi : Un fusil à percussion centrale ; la légende a été effacée et devient inllisible.

« Au cou de la fille du même : Une croix de Chevalier de la Légion d'Honneur.

TEXTE DES NOTES SECRÈTES TELLES QU'ELLES ONT ÉTÉ PRISES AU SOUDAN

« NOTE N° 1215 *du 11 août 1893. — Les quatre captifs de Thaoua. — Renseignements généraux communs.*

« Ouachar ben Moallimi, Roi de Kounny, a pris part au massacre à la suite de son oncle Ahmadou Ibnou Bouden ex-empereur d'Aghagadès décédé ; ne se rappelle pas précisément si les trois captifs vus à Thaoua faisaient partie

de la colonne détruite; se rappelle cependant que six individus portant des pantalons
longs *(sic)* ont été amenés dans le pays après
le massacre et distribués à divers personnages
du pays; ne se rappelle pas surtout avoir
entendu qu'il y a en captivité d'autres individus appartenant à une nationalité quelconque
entre les mains des Touaregs du Sud; se rappelle aussi que deux, parmi les six individus,
succombèrent à leurs blessures à Ghat; sait
parfaitement que, sur les quatres captifs survivants, deux furent donnés à Melloul, père du
roi actuel des Loumaden, un, à la mère d'un
guerrier mort pendant la bataille, le quatrième,
Labran, échut à Ahmadou Ibnou Bouden dont
il fut depuis le célèbre compagnon d'armes.
Tout porte à croire que les trois captifs vus
à Thaoua firent bien partie de la colonne massacrée jadis et, ce qui le confirme dans cette
opinion, c'est que le grand brun et l'homme à
la cicatrice sont actuellement entre les mains
d'Ahmadou fils de Melloul, roi des Loumaden
régnant actuellement à Thaoua.

« NOTE N° 1220. — *Ghenouchen.* — C'est le
nom du grand brun. C'est un savant et le meilleur méhériste du pays. Il fait de belles images, s'est fait remarquer par son courage à
côté de Melloul lors de la bataille d'el Hassi
contre les Kel-Azor. Travailleur infatiguable,
il a inventé un nouveau système de creuse-

ment des puits ; a perfectionné le système d'arrosage des oasis ; enseigne aux enfants à faire les images ; c'est un homme paisible, doux et aimable, fait des collections de coquillages et de caillou, en a un grand nombre ; a perfectionné le travail du fer et simplifié sa fabrication.

« DÉTAIL PARTICULIER : aime la solitude, paraît toujours rêveur et mélancolique.

« NOTE N° 1221. — *Ganadikou.* — Nom de l'homme à la cicatrice ; très dur à la fatigue, également un savant ; soigne les maladies, a inventé un remède pour les yeux ; guérit les blessés ; courageux jusqu'à l'imprudence ; s'est distingué pendant l'expédition contre Ahraouen où il reçut trois blessures ; aime bien discuter avec les savants ; a collectionné des plantes ;

« DÉTAIL PARTICULIER : aime beaucoup les petits enfants ; très sérieux, rit volontiers, mais sans beaucoup de joie ; monte bien à cheval, manie bien la lance, mais mauvais méhériste ; ni sobre ni patient, faible et fréquemment malade.

« NOTE N° 1222. — *Azor'ar'en.* — Nom du troisième personnage ; savant, s'occupe de culture aime beaucoup les plantes ; construit de belles maisons ; c'est lui qui a introduit l'usage des fenêtres à Thaoua ; n'aime pas laisser l'eau stagnante ; il a inventé le système des terrasses abritées. Très courageux, mais n'aime pas l'effusion du sang, bon cavalier, bon méhériste.

« DÉTAIL PARTICULIER : Très affable, très accueillant, très bon ami, sobre et dur à la fatigue.

« *Labran.* — Courage insensé; imprudence incroyable, on dirait qu'il cherche une mort qui ne veut pas de lui; compagnon de l'homme le plus célèbre, il a failli éclipser la célébrité de son compagnon, ne refuse jamais le combat quel que soit le nombre des ennemis; a tué Aliou Kidal, le fameux roi des Kadal, l'invincible Aliou, dans un combat singulier; a, seul, avec Ahmadou Ibnou Bouden, enlevé une caravane de 150 chameaux, escortée par 90 cavaliers des Boudal; a reçu ce jour-là 8 blessures; seul, il donna tête baissée, dans une troupe de 50 cavaliers Kell-Aouaï; reçut 6 blessures, tua 12 cavaliers et mit le reste en fuite; a concouru à la déchéance de Soho Ibnou Abdelkader.

« DÉTAIL PARTICULIER : A élevé Ismaou, fille d'Ahmadou Ibnou Bouden; l'aime à l'adoration; en a fait l'amazone la plus accomplie des Kell-Gress; vit actuellement avec sa fille adoptive dans l'oasis de Tagaïss; entoure Ismaou d'une affection paternelle extraordinaire.

« NOTE N° 1227. — Brahim ed-Dessouki, roi des Tagaïss, a pris part au massacre. Reconnaît parfaitement le nommé Ghenouchen (nom donné au grand brun)comme ayant fait partie de la colonne massacrée. Ce dernier est grand savant ; il l'a eu à son service pendant quelque temps ; il sait faire de belles images *(sic)* ; il lui a fait un beau cheval *(sic)* qu'il garde encore chez lui.

« Il ne sait pas précisément si les deux autres firent partie de la colonne, mais il est presque convaincu que oui. Brahim nous montre un revolver renfermé dans un étui en cuir noir, la crosse du revolver est en bois noir sculpté, la culasse et le canon sont noirs, ce dernier mesurant de 25 à 30 centimètres. Il ne m'a pas été possible de voir la légende de cette arme, nous étions en marche. Cette arme aurait appartenue à Labran qui l'aurait donnée à Loumbark Ibnou Mouallimi, roi d'Azbin, frère d'Ouachar et neveu d'Ahmadou Ibnou Bouden. Loumbark aurait fait cadeau de cette arme à Brahim à l'occasion du mariage de sa sœur avec ce dernier (détails confirmés par Loumbark et Ouachar, notes 1254 et 1255).

« NOTE 1234. — Allala Ibnou Melloul, frère d'Ahmadou Ibnou Melloul roi des Loumaden. Les 3 captifs qui se trouvent deux entre les mains de son frère et le troisième entre les mains de sa tante Halimathou, sont bien des prisonniers amenés de Ghat par son père il y a longtemps à la suite d'un expédition que ce dernier fit en commun avec les Hoggar; ne sait pas s'ils appartinrent à la colonne dont on parle. Ces captifs-là écrivent beaucoup en caractères inconnus de lui. L'un d'eux fait de belles images et un autre guérit des maladies. Il est certain qu'ils sont parents ou amis car, souvent ils se tiennent ensemble loin des autres membres de la tribu des heures entières. Il ne les a jamais entendu parler d'autre langage que la langue du pays. Ils parlent souvent des actes de courage de Labran et semblent s'en enorgueillir.

« NOTE Nº 1380. — Hadji Belhou a commandé les Touaregs qui massacrèrent la colonne. Se rappelle parfaitement avoir capturé six individus portant des pantalons longs avec d'autres musulmans ayant appartenus à la colonne massacrée. Se rappelle que deux sur ces six sont morts à Ghat, que les 4 autres ont été amenés dans le pays, se rappelle parfaitement avoir donné sur ces 4 captifs deux à Melloul, alors roi des Loumaden, un, à sa sœur Halmalou dont le fils Zogh'ilch a été tué pendant la bataille, et un, Labran, à Ahmadou Ibnou Bouden, se rappelle parfaitement que Labran fit partie de la colonne massacrée puisqu'il fut sauvé en sa présence par Ahmadou Ibnou Bouden dont il fut, depuis, le compagnon d'armes. Quant aux 3 autres dont parle Ouachar, il ne saurait affirmer que ce soit bien ceux amenés de Ghat, en tout cas, tout le porte à croire que c'est bien eux. »

En présence de renseignements aussi édifiants, pouvais-je douter que j'avais bien affaire à des survivants de la Mission Flatters? Devais-je cacher leur retraite, alors que je les ai vus, au milieu d'une population barbare, souffrant une captivité avilissante?

Non.

Mon devoir était tout tracé. Quels qu'ils soient, ces Français, il fallait les signaler à l'attention de la France, toujours soucieuse de la vie et de l'honneur de ses enfants. N'aurai-je pas eu des preuves aussi nettes que ces captifs étaient les survivants de la Mission Flatters que je n'aurais pas hésité à dévoiler leur retraite.

Je dois déclarer, cependant, en toute sincérité, que, en présence des doutes soulevés par la presse française, sous l'instigation d'un journal de Tunis, j'étais à me demander si véritablement je ne m'étais pas trompé.

Je commençai à douter de la *vérité même*, lorsqu'elle me fut révélée pleine et entière à la suite d'un incident que je ne pouvais ni prévoir ni provoquer.

M. le capitaine Roche, de la chefferie du génie d'Alger, avait un frère aîné qui fit partie de la seconde Mission Flatters, en qualité d'ingénieur des Mines. M'ayant fait demander des renseignements sur les trois individus que j'avais vus à Thaoua, par le capitaine Ozile, son collègue de Tunis, je lui envoyai leurs signalements et les renseignements que j'avais pris sur eux.

Voici, *in-extenso*, la lettre que je reçus, à à ce sujet, de M. le capitaine Roche. Elle est suffisamment éloquente par elle-même sans que je sois obligé de la faire suivre de commentaires :

Alger, le 18 décembre 1894.

Mon Cher Camarade,

Permettez-moi, tout d'abord, de vous remercier bien vivement pour votre bonne lettre et tous les renseignements que vous y avez joints.

Vous me demandez quelques renseignements complémentaires sur le signalement de mon frère, les voici :

1o Ne me rappelant pas la particularité de la fente entre les dents de devant de la mâchoire supérieure, j'ai demandé ce renseignement à mes parents, qui m'ont répondu qu'effectivement mon frère avait ces dents séparées.

2o La taille de 1m 72 me paraît un peu forte ; je ne crois pas que mon frère eût plus de 1m 70.

3o Il dessinait bien, soit au crayon, soit à

la plume, comme peut le faire un ingénieur des mines sortant de l'Ecole Polytechnique.

Je crois que maintenant vous n'hésiterez plus à vous prononcer, la particularité de la dentition me paraissant bien caractéristique; je dois ajouter que la collection de pierres et coquillages m'a beaucoup frappé; car mon frère aimait passionnément la géologie et faisait volontiers des collections.

Et maintenant que l'identité des européens que vous avez vus vous paraît bien établie, il faut agir. Pour mon compte je ne demande pas mieux, mais je ne suis pas bien au courant de ces questions; et, puisque vous vous mettez obligeamment à ma disposition, je vous demanderai de me faire connaître qu'elle devrait être, d'après vous, la marche à suivre, et comment il faudrait s'y prendre pour demander au gouvernement de s'occuper de cette affaire.

Merci encore, mon cher camarade, et à bientôt votre lettre; je serai toujours heureux d'avoir des détails et d'être au courant de cette question.

Veuillez agréer, mon cher camarade, l'expression de mes sentiments dévoués.

B. ROCHE.

Après une preuve aussi éclatante, j'estime que le doute n'est plus possible quant à l'identité, en tant que membres de la Mission Flatters, des trois personnages en question.

Reste *Labran* que je n'ai pu voir. Quel est-il ? Est-ce le colonel Flatters ou le capitaine Masson ? *That is the question.*

Malheureusement, sur ce point, je ne puis présenter que des hypothèses basées sur des présomptions vraisemblables, sans doute, mais qui peuvent être discutées, avec raison, je le reconnais franchement.

En première ligne, il y a la question d'âge. Il est certain que le colonel Flatters était le plus âgé des membres de sa mission. Il ne saurait y avoir apparence de rapprochement entre son âge et celui du capitaine Masson.

Or, Hadji Belhou, qui court actuellement sur les quatre-vingt-cinq ans, donne à « Labran » *à peu près* son âge. Il y a certainement exagération de l'âge du colonel ainsi indiqué, mais cette exagération, outre qu'elle milite en faveur de l'opinion que Labran et le colonel Flatters ne font qu'un, elle écarte, d'une manière absolue, toute présomption que le premier peut, à la rigueur, être le capitaine Masson.

En seconde ligne, nous nous trouvons en présence d'un homme d'un courage extraordinaire et d'une bravoure à toute épreuve. Tous les Touaregs, en général, attribuent à « Labran » des qualités exceptionnelles devant le danger. D'aucuns le désignent comme un homme « cherchant la mort, mais dont la mort ne veut pas. »

Si nous nous écoutions, nous raconterions les exploits guerriers de Labran par le menu. Malheureusement, le cadre forcément restreint de ce livre ne nous le permet.

Nous sommes donc obligé de renvoyer nos lecteurs à notre ouvrage intitulé : *Ismaou*, que nous nous proposons de leur présenter bientôt.

Sous ce rapport spécial, la présomption en faveur du colonel Flatters est bien faible. Il est certain que cette témérité dans les combats signalée à l'actif de Labran peut exister, à un degré égal, aussi bien chez le colonel que chez le capitaine Masson. Sans nier à ce dernier des qualités éminemment guerrières, il n'en est pas moins vrai que tous ceux qui connurent le colonel Flatters le savent absolument dans des dispositions d'esprit à braver le danger quel qu'il soit avec une imprudence effrayante. Néanmoins, on comprendra aisément que nous ne pouvons insister outre mesure sur ce point.

La troisième et la meilleure preuve que Labran est plutôt le colonel Flatters que le capitaine Masson est celle-ci :

— Mes notes révèlent, comme on vient de le voir, que Labran avait élevé la fille de son

sauveur et compagnon d'armes Ahmadou Ibnou Bouden. Il aime cette fille à l'excès ; il en
fit la meilleure amozone des contrées Targui.

Nous lisions ces notes devant le général
Leclerc, lors de l'enquête militaire qui eut
lieu à ce sujet, lorsque, arrivé à cette circonstance, le commandant Plée, chef du service
des renseignements en Tunisie, ne put s'empêcher de s'écrier :

« Oh! cette particularité est frappante, mon
Général, dit-il. J'ai servi sous les ordres du
colonel Flatters et je *sais qu'il adore les enfants.* »

Quoi de plus édifiant que cette exclamation
inopinée, sortie avec une vigueur toute inat-
tendue de la bouche d'un honnête homme,
d'un loyal soldat.

Cette impression d'un brave n'est-elle pas
un monde de preuves par elle-même ? Est-ce
là une simple coïncidence bizarre que l'on peut
détruire par des arguties?

Non. Le cri poussé par le commandant Plée
est une expression d'une âme véritablement
convaincue. Ce cri n'est donc pas un vain mot.
C'est le fruit d'une émotion surnaturelle dont
aucun écrivain ne peut rendre le sens exact.

Je n'aurai pas eu mon opinion *personnelle*
faite à ce sujet, que l'affirmation spontanée
du Commandant Plée, l'aurait définitivement
affermie.

Mais mon but n'est pas de faire partager mon opinion. Je tiens au contraire à convaincre par la simple narration des faits. Je demande à ce qu'il s'en forme une, sans qu'il y ait une influence quelconque étrangère au sujet qui puisse l'imposer.

Dans des cas aussi graves on ne saurait être réservé. Si je suis personnellement convaincu, je souhaite que la vérité éclate sans que je sois accusé de l'avoir imposée.

La vérité s'impose par elle-même ou elle n'existe pas.

Dans le cas présent, l'auteur n'est qu'un simple intermédiaire entre la vérité et le public, souverain juge en la matière.

Concluons pour terminer ce chapitre que jusqu'à preuve du contraire Labran et le Colonel Flatters, n'en font qu'un ; que l'on peut soutenir cette thèse avec juste raison jusqu'à plus amples renseignements.

III

Les Touaregs

Les Touaregs n'ont jamais été nos ennemis,
au contraire ; ils ont un intérêt majeur à étendre leurs relations pacifiquement, soit par le
Nord, soit par le Sud. La généralité de la confédération vit des droits qu'ils prélèvent sur les
caravanes. Naturellement, plus celles-ci sont
nombreuses, plus les droits augmentent et
plus les pauvres y tiennent.

Jusqu'ici, nous avons mal compris les gens
vraiment intéressants du pays, nous avons eu
toujours affaire à des serfs de minime importance à qui nous avons accordé trop de confiance et de considération.

Il faut nous adresser aux véritables maîtres
du pays.

Les Touaregs sont noirs ou blancs ; les noirs
sont des serfs, sans honneur et sans rang,
qui ne jouissent d'aucune espèce d'influence
dans le pays. Ils se livrent à des actes de bri-
gandage que souvent la vigilance du maître ne
peut ni prévenir ni empêcher ; leurs mœurs
sont relâchées et leurs coutumes consistent à
voler ou à piller les caravanes.

Généralement, ce sont eux qui s'emploient comme guides ou comme porteurs. C'est ainsi qu'ils attirent la proie aux gens de leur race.

Les Touaregs blancs, au contraire, sont des gens qui poussent l'honneur jusqu'à l'exagération.

Leur occupation consiste à se faire mutuellement la guerre ; leurs mœurs sont austères et honnêtes.

Le Targui blanc est puni de mort par la Confédération s'il ment, s'il trahit ou s'il vole, quelle que soit la victime. Le Targui est généreux par caractère et par tempérament. Il pousse la fierté jusqu'aux dernières limites. Le Targui n'a qu'une parole et défendrait, au risque de sa vie, celui ou ceux qui se mettent sous sa protection. Il est sobre et dur à la fatigue.

En étudiant cette singulière société de près on découvrirait de grandes ressources pour étendre notre action civilisatrice dans l'Afrique Centrale. Le Targui blanc est naturellement intelligent et amateur passionné d'innovations.

— La vie errante et monotone à travers le désert le porte, naturellement, à désirer du nouveau. Loin du repousser les bienfaits de la civilisation, il les accepterait avec joie et contribuerait à leur développement.

Lorsque je disais aux principaux notables

que la mission qu'ils avaient massacrée avait pour but de faire traverser leur pays par un chemin de fer, en leur en expliquant sommairement l'utilité et le mécanisme, ils manifestaient des regrets.

Il y a là une tendance à exploiter ; les intelligences dans le pays ne nous manquent pas, et c'est à notre diplomatie qu'il appartient de les utiliser. Du Nord au Sud, la Confédération Targui est solidaire et nous pouvons l'atteindre soit par le Soudan, soit par les Hoggar. Il ne faut pas oublier que notre action sur le Centre Africain n'aura de résultats sérieux qu'autant qu'elle sera pacifique. Une action militaire y sera toujours désastreuse ; la conquête se fera par la civilisation ou ne se fera pas.

A mon humble avis, il y a lieu, d'ores et déjà, de recruter, soit en Algérie, soit en Tunisie, des musulmans intelligents, sérieux et instruits et de les expédier dans le Sahara pour y préparer notre future action.

Je suis sûr que des auxiliaires de ce genre, munis d'instructions précises, faciliteraient, dans la plus large mesure, notre entrée dans le pays.

Nous avons jusqu'ici, vécu en état d'hostilité avec les Touaregs ; il est temps que ce système cesse. Il faut apprendre aux Touaregs à nous mieux connaître et il nous faut les étudier à fond pour pouvoir établir une amitié récipro-

que. Si, jusqu'ici, l'élément Targui a été écarté
de notre commerce algérien, c'est de notre
faute ; souvent nous avons eu affaire à des gens
de très peu de valeur, le cheik Othman par
exemple, et la considération que nous leur
avons accordée, nous a fait juger comme peu
sérieux, par les véritables maîtres du pays.

J'auoue franchement que les traités écrits ne
signifient absolument rien, pas plus le traité de
Ghadamès que les autres. Les Touaregs n'o-
béissant à aucun pouvoir établi, ne peuvent se
soumettre aux exigences des traités écrits.

Le meilleur moyen de nous attirer l'élément
Touareg consiste dans la confiance que nous
pouvons leur inspirer, et à la sécurité que nous
pouvons assurer à leurs caravanes, quand
elles fréquentent nos marchés.

Les confréries religieuses musulmanes jouissent, dans le pays, d'une grande influence ;
leur fanatisme tend ànous aliéner la population
indigène. Il nous serait facile de contrebalancer
cette influence par une propagande active et
raisonnée. Leurs doctrines puisent leur source
dans le merveilleux ; il nous est facile de les
assimiler par des publications d'écrits basés
sur les véritables principes de l'Islamisme.

Les Touaregs, gens pratiques avant tout,
n'acceptent le merveilleux qu'avec beaucoup
de réserve. Il faut profiter de ces dispositions
pour les pousser vers le progrès, lentement

sans brusquerie. En un mot, l'ancien Sahara et l'ancien Soudan n'existent plus. Ces deux contrées se présentent sous un jour nouveau, et notre diplomatie a un beau rôle à y jouer sans difficultés.

Pendant mes pérégrinations à travers les Touaregs du Sud, il m'a été donné d'y rencontrer les principaux notables de la Confédération du Nord; ils me semblent animés envers nous des meilleures intentions, nous avons même parmi eux quelques amis.

Il ne faut donc pas s'exagérer les difficultés qui se présentent, non seulement en ce qui concerne spécialement la délivrance absolument possible de nos captifs; mais encore quant à notre action commerciale et civilisatrice chez les Touaregs.

J'ajoute même qu'il n'y a pas grand mérite à vaincre toutes ces difficultés; il s'agit de savoir s'y prendre.

Pour cela, il y a lieu d'employer, outre les moyens généraux que nous indiquons ci-dessus, d'autres que nous préconisons plus loin.

Quand donc reviendra-t-on des erreurs du passé ?

Avant de clore ce chapitre, nous ne pouvons résister à la tentation de rapporter quelques anecdotes dépeignant bien le caractère de la Nation Targui si mal connue en Europe. Nous avons été témoins oculaires de la plupart de ces anecdotes. Nous les déclarons authentiques.

Dans mes longues causeries avec mon excellent ami Ouachar Ibnou Moallimi, roi de Konny, capitale de l'Adar, ce jeune souverain, seul prétendant sérieux à l'Empire d'Aghadès, m'a mis au courant de bien des coutumes Targui que j'aurais, sans doute, ignorées toute mon existence, si je n'eus eu la bonne fortune de lui plaire de prime abord.

C'est avec juste raison que je dis que les Touaregs blancs ne mentent et ne trahissent jamais. Si les Kel-Aouaï, qui nous fréquentent quelques fois, nous ont habitués à les traiter comme de vulgaires brigands, c'est que cette partie de la confédération Targui s'est corrompue par suite d'alliances avec la race noire. Cette race, ainsi dénaturée, constitue, à nos yeux, la plus parfaite exception justifiant la règle.

Les Touaregs sont, en général, querelleurs et batailleurs, mais ils ne sont ni voleurs ni assassins. Il faut les connaître pour les apprécier à leur juste valeur. Naturellement, je ne parle pas des Touaregs nègres qui, en somme, sont taillables et corvéables à merci, mais bien de ces Touaregs blancs, fiers et orgueilleux, préférant mourir que de commettre un acte quelconque que l'homme réprouve.

Dans son langage imagé et métaphorique,

Ouachar, répondant à l'une de mes reparties, dépeignit les Touaregs blancs d'un seul mot :

— « Nous, les H'chem, me dit-il, nous ne « connaissons que trois choses : l'honneur, « Dieu et la vérité. »

Est-ce là des propos de sauvage? Je le demande. Des gens imbus de principes semblables sont-ils capables de voler ou d'assassiner pour l'unique plaisir de le faire?

Non. De ces gens-là, on peut faire ou des amis dévoués ou des ennemis irréconciliables et mortels.

Il nous est si facile d'en faire des amis! Mais la France, ou plutôt son Gouvernement, abusé, trompé, sur les Touaregs par tant d'ineptes légendes, comprend-il enfin que, protégés par leur situation topographique inexpugnable et par un climat mortel à tout autre qu'à eux, les Touaregs ne peuvent être que nos amis, mais jamais nos sujets?

Tel est le côté chevaleresque de cette nation si méconnue.

Cependant, au point de vue hospitalité, au point de vue générosité, les Touaregs ne sont pas en arrière. Ils sont même, sous ce rapport, supérieurs aux Arabes des siècles les plus reculés.

Je restai huit jours à Konny, chez Ouachar. Ce souverain, qui n'est pas fort riche, se crut

obligé d'égorger une chamelle d'un an tous
les soirs.

Lui ayant fait doucement remarquer, le cinquième jour, que la viande de la veille était
bien meilleure que celle du jour même ; que
nous, les Orientaux, nous n'aimions pas la
viande par trop fraîche ; que, par conséquent,
je ne voyais pas pourquoi il égorgeait une
chamelle tous les jours pour un seul hôte.
Ouachar me fit la stupéfiante réponse suivante :

— « Que voulez-vous, Chérif, si vous n'aimez
« pas la viande du même jour, je le regrette ;
« *je n'ai pas l'habitude de donner à mes hôtes*
« *la viande d'une bête abattue la veille.* Je se-
« rais montré au doigts par mes sujets si je
« m'avisais à le faire.

« Contentez-vous, ajouta-t-il en riant, à subir
« les rigueurs de notre tradition. »

Que répondre à cela ? Rien. Et c'est ce sage
parti que je pris.

De Konny à l'étape la plus proche en allant
sur Thaoua, nous voyageâmes quatre jours
sans trouver une seule goutte d'eau. Grands
et petits, roi, chérif ou simple serf, nous fûmes rationnés à la valeur d'un quart d'eau
matin et soir. Pendant ces quatre jours,
Ouachar me laissa ses rations d'eau et ne but
que le quatrième jour, lorsque nous fûmes à

l'étape. Et encore ne but-il qu'après que tout le monde, gens et animaux, aient bu.

De tels dévouements, de telles abnégations sont rares. Je l'avoue, à ma honte, ils ne s'en rencontrent pas trop chez les hommes civilisés.

On m'objectera que Ouachar est peut-être un homme exceptionnel.

Malheureusement pour la race caucasique, je suis obligé de répondre non. Ce que Ouachar a fait, tous les Touaregs blancs l'auraient fait. J'en parle savamment, je les ai vus à l'œuvre.

A quelques kilomètres d'Azbin, nous rencontrâmes une douzaine de chameliers. Dès qu'ils nous virent près d'eux, ils se couchèrent tous sur le sable et se couvrirent la tête, laissant leurs chameaux, chargés de sel, aller à l'aventure. Ouachar et les autres Kell-Gress passèrent fièrement près d'eux; le mécontentement était visible chez eux. L'un d'eux, se tourna vers les dormeurs, en disant en Haoussa : *saï-ouata-rana*, expression équivalente à notre *au revoir !* Tous étaient soucieux et sombres. Bien longtemps après cet incident, personne n'osa entamer une conversation.

Bien qu'intrigué au plus haut point, je me gardai bien de rompre le silence. J'observai tout le monde avec une persistance telle, que Ouachar finit par m'édifier sur cette énigme.

« Ce que vous venez de voir, vous étonne,

« dit-il. C'est l'effet d'une de nos singulières
« coutumes qui vient de se reproduire.

« Les *chiens* que vous venez de voir couchés
« et le visage couvert sont des Kel-Aouaï de la
« tribu des Kis-Kissen.

« Ces gens-là sont nos ennemis mortels. En-
« tre eux et nous, il y a une *question de sang*
« à régler.

« Or, nos coutumes admettent, en principe,
« qu'un homme endormi, le visage couvert, est
« sacré.

« Ces lâches nous voyant arriver et craignant
« pour leurs misérables vies, ont profité de
« cette circonstance pour se soustraire au châ-
« timent mérité.

« Ah ! ajouta-t-il, toute autre tribu que celle
« de ces Touaregs dégénérés, aurait agi autre-
« ment. »

Ces sauvages respectant la vie de leurs plus
mortels ennemis pour se conformer à une coutume traditionnelle, n'est-ce pas étrange ? Où
trouverait-on une loyauté de cette valeur ?

Après celle-là, dois-je insister ? Evidemment
non. Ce serait empiéter sur le domaine d'un
autre ouvrage spécial qui paraîtra prochaine-
ment.

En résumé, à côté de beaucoup de mauvaises
qualités, les Touaregs en ont d'excellentes et
de solides. Nos concitoyens sont en de bonnes
mains. Le jour où nous les verrons revenir en

France et dès, qu'ils reverront ce qui se passe chez nous, ils regretteront peut-être les sauvages qu'ils auront quittés.

IV

Au Pays des Captifs

Les curieux se demandent pourquoi, étant donnée leur énergie, les captifs n'ont pas essayé de s'évader. Comment, dit-on, le Colonel Flatters, la vaillance en personne, n'a-t-il pas cherché à se soustraire à sa captivité ou, tout au moins, tenté de donner de ses nouvelles ? Pourquoi les Touaregs, en relations constantes avec nous, n'ont soufflé mot sur la retraite de plusieurs captifs de cette importance ? Pourquoi les Hoggar, peuplade sauvage et sanguinaire, par excellence, auraient-ils épargné la vie des quatre captifs ?

En France, la crédulité prend aussi facilement créance sur les esprits que l'incrédulité. Dans un pays ou les réputations s'établissent et s'évanouissent à vue d'œil, il n'y a rien d'étonnant que la vérité se ternisse du jour au lendemain, sans cause appréciable. Le premier imbécile venu qui viendra affirmer que Béhanzin, est un grand génie guerrier, il suffit qu'un Général dépense trente millions et fait tuer trois mille soldats pour le prendre, pour que tout le monde se figure que le dit Behanzin est un

César ou un Bonaparte noir. On aura beau crier que Behanzin n'est qu'un nègre vulgaire, un espèce d'*abruti* qui n'eut sa raison d'être que par les Anglais, ses fournisseurs et ses conseillers, la gloire ne reste pas moins attaché au nom de ses vainqueurs.

Cela tient à ce que la Nation Française, foncièrement honnête et soucieuse, avant tout, de son prestige, ne peut s'imaginer qu'il existe des gens capables de l'abuser.

Allez faire croire à d'honnêtes gens que le Dahomey ne fut qu'une comédie sanglante, que la prise de Tombouctou n'est qu'une vaste fumisterie, que le Gouvernement cumule âneries sur âneries au Soudan! Il suffit qu'une expédition coûte fort cher et surtout coûte la vie à plusieurs milliers de jeunes Français pour que tout le monde la trouve superbe.

Toute notre histoire coloniale est là. Il n'y a donc rien d'étonnant si les charlatans et les pleutres réussissent toujours à tromper un pays, où la naïveté est la principale caractéristique de la nation, pour s'enrichir à ses dépens en lui faisant avaler d'énormes *couleuvres* en guise de colonies nombreuses, fécondes et prospères.

Le char de l'Etat, conduit et entouré de de cette façon, il ne reste aucune place pour les honnêtes gens. Les hommes loyaux, vraiment dévoués, francs et sincères, n'aiment pas

plus les filous que ceux-ci ne les aiment. Dites
une vérité dans un salon regorgeant de men-
teurs et tout le monde la proclamera un in-
signe mensonge.

Nous étions donc bien naïf lorsque nous ve-
nions dire à notre pays : « Vous faites fausse
« route au Soudan. Vous versez votre sang et
« répandez votre or bien inutilement. Vos
« agents commettent gaffes sur gaffes et ne
« sont que d'inconscients polichinelles entre
« les mains des Anglais. »

Nous étions plus que naïf, lorsque nous
avions dit à ceux qui ne gouvernent la France
que pour la gruger : « Nous avons vu chez
« les Touaregs quatre Français, survivants de
« la Mission Flatters, dont l'un paraît être ce
« dernier en personne. »

J'aurais compris un moment d'hésitation,
une incrédulité passagère exigeant des preuves. Car, en somme, si quelqu'un me disait
demain votre père n'est pas mort, je l'ai vu ;
je ne le croirai certainement pas. Mais si, au
lieu de mourir sur son lit, devant moi, mon
père eut été passé pour mort dans une bataille,
loin de la Patrie, que mon interlocuteur se
proposât de me donner des preuves, incontes-
tablement j'aurai dressé l'oreille et écouté,
quitte à confondre le menteur.

Mais tel n'est pas l'avis de ceux qui m'ont
brisé.

Ah? vous voulez émotionner un pays comme la France! Ah! vous voulez prouver que des survivants de la Mission Flatters existent! Ah! vous voulez troubler la quiétude de *certaines familles!* Eh bien! ou vous ne direz rien, ou vous mentirez, ou bien vous serez brisé.

N'en déplaise à mes puissants persécuteurs, je ne me tairai pas, je ne mentirai pas, je dirai la vérité quelle qu'en soit la conséquence. J'estime la vie de quatre Français bien au-dessus des ennuis que leur délivrance peut causer au Gouvernement et bien plus au-dessus des préjugés sociaux.

Cette disgression était indispensable, car elle sert à édifier le public intelligent et impartial sur les agissements de ceux qui, par erreur ou par calcul, essayèrent de ternir cette affaire.

On peut diviser ces derniers en deux catégories bien distinctes : les incrédules par ignorance et les incrédules par nécessité.

Je négligerai volontiers cette dernière catégorie parce que j'estime que ç'est peine perdue que de discuter avec des gens qui ont un double intérêt à laisser cette affaire dans l'ombre : s'avouer impuissants à délivrer quatre Français d'une longue captivité et faire venir des gens qui pourraient compromettre la quiétude ne quelques membres de leurs familles, sont, en effet, deux motifs sérieux pour qu'ils

soient à jamais sacrifiés. Périssent ces malheureux plutôt que de les voir revenir dire à
nos gouvernants :

« Vous nous avez volontairement abandon-
nés à notre malheureux sort; ce n'est pas généreux. »

Ce chapitre n'a été ouvert que pour édifier
ceux qui ont été induits en erreur sur le véri-
table lieu de la captivité, de sorte qu'ils sachent
bien que toute tentative d'évasion était impossible pour nos malheureux compatriotes.

Comme nous l'avons dit plus haut, les captifs,
après la destruction de la Colonne Flatters,
furent emmenés chez les Kel-Gress : trois à
Thaoua, chez les Loumaden, et un autre à
Azbin d'abord et Tagaïs ensuite : c'est Labran.

Si nous n'avions de sérieux motifs pour nous
étendre sur ces contrées complètement inex-
plorées jusqu'ici, si, surtout, l'intérêt géographique n'en était de première nécessité, nous nous
serions contenté de dire que Thaoua, Azbin et
Tagaïs étant éloignés de tous centres de con-
tact avec nous, il était matériellement impossible aux captifs ni de s'évader ni même de
donner de leurs nouvelles.

Détruisons de suite, en passant, une erreur
qui s'est glissée dans la polémique de presse
qui s'éleva, en son temps, à ce sujet :

— On s'était figuré que nos compatriotes
étaient en captivité chez les Hoggar ; on s'est

demandé, avec juste raison, pourquoi, si près
de la frontière Algérienne, nos compatriotés
n'essayèrent-ils pas de se soustraire à la captivité ? On s'est dit aussi que sachant leur origine, pourquoi les Touaregs du Nord fréquen-
tant l'Algérie, n'eurent-ils pas l'idée de les signaler aux autorités algériennes ?

Or, nos captifs se trouvent à 20 étapes de 40
kilomètres en moyenne à l'Ouest d'Aghadès qui
se trouve à 120 étapes de même longueur,
direction Sud-Ouest de la partie des Hoggar, la
plus éloignée de l'extrême Sud Algérien. Et
les Kel-Gress et les Loumaden viennent rarement chez nous. S'ils y viennent quelquefois
c'est poussés par la disette et par conséquent
pour razzier les nôtres ou les caravanes ma-
rocaines venant à Ghat par le Touat. Ce ne sont
pas, j'imagine, ces gens-là — les seuls cependant
qui connaissent la retraite des captifs — qui
pouvaient nous donner de leurs nouvelles.

Cette erreur, comme on le voit, n'est qu'une
conséquence de l'ignorance des lieux, qui nous
occupe. Elle tombe d'elle-même et ne mérite
pas qu'on s'y arrête davantage.

Avant de parler des lieux de captivité, nous
croyons devoir parler des captifs et de leur
réclusion.

J'avoue loyalement que les renseignements
recueillis sur la manière et la condition de vi-
vre de nos compatriotes sont fort restreints.

Je ne puis, par conséquent, donner sur ce point spécial que des hypothèses basées sur des déductions logiques résultant de leur existence en apparence.

Des renseignements que nous donnons plus haut, il résulte que les trois captifs résidant à Thaoua se fréquentent constamment et qu'ils écrivent beaucoup en *caractères inconnus des indigènes*.

Cette circonstance implique chez les captifs une indépendance absolue, en tant que vie intime. Ells dénote aussi qu'ils jouissent d'une large liberté comme prisonniers. Elle indique aussi qu'ils ne sont nullement surveillés dans leurs faits et gestes comme habitants de la localité. Ils doivent même jouir des droits et privilèges consacrés par la tradition Targui au profit des Touaregs blancs.

En effet, leur présence dans le Myad, lors de mon arrivée, montre qu'ils ne sont pas mis au rang des esclaves ni même à celui des serfs. Du reste, de la manière dont ils discutaient dans l'assemblée, surtout de la façon dont ils étaient écoutés, il ressort clairement que non seulement ils avaient acquis le droit de cité, mais encore qu'ils jouissaient d'une autorité que bien des Touaregs n'ont pas.

Cette particularité est très importante à retenir, car il faut la mettre en ligne de compte lorsqu'il s'agira de délivrer les captifs.

En effet, si la déférence incontestable que les Touaregs manifestent pour leurs captifs puise son origine dans les services rendus par ces derniers, il sera très difficile de les décider à nous les rendre.

Il est certain que nos compatriotes en général — et M. Roche en particulier — ont dû rendre d'énormes services en perfectionnant divers travaux d'utilité publique, tels que captage des eaux, creusage de puits, barrage et canalisation pour l'arrosage des oasis, système de construction de maisons d'habitation, hygiène et soins de maladies et autres perfectionnements que nous avons constatés à Thaoua. Mais les Touaregs, peuple entiché d'actions chevaleresques, apprécient-ils ces services à leur juste valeur? La considération accordée aux captifs n'est-elle pas plutôt la conséquence de leur bravoure, de leur courage dans les combats? Dans ces pays où tout s'incline devant la force, il n'y a rien d'étonnant que les prisonniers n'aient acquis leur suprématie morale que par leur conduite dans les guerres continuelles qui désolent ces contrées? Sont-ils mariés? Ont-ils de la famille? se résignent-ils à leur malheureux sort ou l'acceptent-ils avec joie?

Ce sont là autant de questions qui se posent à l'esprit. Pouvais-je les résoudre sans éveiller des soupçons dangereux? Evidemment non.

De quel droit, voyageant en *chérif*, pouvais-je me mêler de la vie intime de ces hommes qui, en somme, ne m'étaient rien? Pourquoi aurai-je cherché à savoir des choses qui ne me regardaient pas? Comment, ne pouvant interroger, aurai-je pu, par un moyen détourné, ramener la conversation sur des sujets qui ne pouvaient avoir aucun rapport avec ceux qui m'occupaient?

En pareille occurence, je ne pouvais moralement m'occuper de nos captifs d'une façon aussi particulière sans m'exposer à être découvert. C'est déjà bien assez de ma curiosité quant à ce qui concerne leur capture. On comprendra facilement que je fis tout mon possible pour réunir tous les renseignements que je développe dans cet ouvrage et je ne puis inventer des choses que je n'ai pu savoir pour satisfaire la curiosité de ceux qui me reprochent aujourd'hui de n'avoir pu obtenir des renseignements qu'ils proclament de première nécessité.

La région Targui, où nos compatriotes se trouvent en captivité, peut se diviser en deux grands territoires : celui des Loumaden et celui des Kel-Gress.

Le territoire des Loumaden peut se limiter ainsi : au sud, une ligne droite arbitrale partant de Tonfafi sur les confins du Damerghou, passant par le méridien de Thagaïs et aboutissant aux monts Ighargh'ar à douze étapes environ du coude du Niger, entre Tombouctou et Sonsani-N'Haoussa; à l'ouest, par lesdits monts Igharg'har; au nord, par une ligne arbitrale passant au nord du plateau des Agh'-rar et aboutissant, à cinq journées de marche, sur la route d'Aghadès à Ghat, au nord de cette première ville.

Les Loumaden ont actuellement pour capitale Thaoua et pour chef Ahmadou Ibnou Melloul. Ils se divisent en trois puissantes fractions :

Les Kidal ;

Les Tinté ;

Les Hamadoud.

Les Kel-Gres ont pour limite sud, une ligne arbitrale partant à environ 15 kilomètres de Goudou, passant par Binji et aboutissant à Dosso, dans le nord de Zaberma; à l'ouest, une ligne partant de ce dernier point et aboutissant dans les monts Ighargh'ar, à l'extrême limite sud-ouest des Loumaden; au nord, par les Loumaden; à l'est, par le Damerghou et le Gober. Ils comprennent trois grands royaumes.

L'Adar, capitale Konny, ayant pour chef Ouachar ben Moallimi;

Thagaïs, dont le chef est Ibrahim ed Dessouki Ibnou Ahmed ben Kouby;

In-Tidaïn, capitale Azbin; Lombark Ibnou Moallimi en est le chef.

Nous détaillons autre part toutes les considérations géographiques, administratives, politiques et climatériques de ces contrées. Le cadre de cet ouvrage ne nous permet pas de nous étendre sur ces matières. Nous n'en retiendrons donc que ce qui intéresse plus particulièrement le sujet qui nous occupe.

Disons, tout d'abord, que la région Targui dont il s'agit est habitée par plus de soixante fractions diverses, jouissant d'une autonomie anarchique et vivant constamment en mauvaise intelligence. La divergence de manière de voir, la diversité des intérêts, surtout en ce qui concerne les terrains de parcours, les rivalités de tribus, font naître des conflits permanents. De telle sorte qu'il ne se passe jamais un an sans qu'une guerre éclate entre deux ou plusieurs tribus voisines. Dans ce cas, les rares points d'eau sont occupés pendant des années entières par les deux belligérants et on ne peut impunément aller d'un point à l'autre du territoire.

Dans ces conditions, il est impossible à qui que ce soit, à moins d'être en force suffisante, de voyager sans être capturé par l'une ou l'autre des tribus en guerre. L'eau étant une condition essentielle au salut, il est matériellement impossible, sous peine de périr de soif, de passer par ailleurs que par les points d'eau.

C'est par conséquent une des plus fortes raisons qui aurait empêché nos compatriotes de tenter de se soustraire aux rigueurs de la captivité. Captivité pour captivité, ils durent accepter celle de la tribu, qui leur assure une somme de bien-être suffisante.

Une autre raison, non moins solide, c'est que, dans ce pays au climat meurtrier, on ne voyage généralement que la nuit. Et, encore, aucune piste tracée n'y existe. Pour voyager, les habitants du pays eux-mêmes ne s'y hasardent, dans la plupart des régions, qu'avec des guides expérimentés. Très souvent, même avec des guides, des caravanes entières se sont égarées, m'a-t-on dit, et périrent de faim et de soif sans que l'on ait pu découvrir l'endroit où elles succombèrent.

En pareilles circonstances, personne ne blâmera nos compatriotes d'avoir choisi une captivité relativement douce au lieu d'aller au-devant d'une mort certaine en tentant de s'é-vader.

Je crois que ces deux raisons sont suffisantes à l'édification de tout homme de bon sens sur l'éventualité d'une évasion possible pour nos compatriotes. Devant une impossibilité aussi flagrante, on ne fera plus valoir l'énergie incontestable du colonel et de ses compagnons pour se livrer à des suppositions chimériques et irréalisables.

Il y a lieu de s'incliner devant une réalité

aussi palpable : si nos compatriotes n'ont pas essayé d'échapper à leur malheureux sort, c'est qu'aucune chance de réussite n'avait été possible ni même probable.

Reste la question de savoir pourquoi nos captifs n'ont pu donner de leurs nouvelles. Cette éventualité est presque aussi irréalisable que l'évasion. Pouvaient-ils se fier au premier venu pour le faire ? Non. La moindre indiscrétion, en ce sens, leur eût coûté la vie ? Ensuite, eussent-ils trouvé un homme fort discret, cet homme pouvait-il arriver sain et sauf jusqu'à nous ? Encore une fois, non. Il faudrait qu'un pareil messager soit grassement payé pour se risquer à porter un message semblable. Il est probable que nos captifs n'avaient aucun moyen d'indemniser un homme d'une manière suffisante. Au surplus, comment cet homme se serait-il acquitté de sa tâche ? Son secret, si bien gardé qu'il soit, n'aurait-il pas transpiré ? En ce cas, sa vie et celle des captifs n'étaient-elles pas à jamais compromises ?

Non. Il est impossible de trouver un seul Targui qui veuille trahir ses coreligionnaires au profit d'un étranger quel qu'il soit.

Enfin, en admettant cette dernière supposition comme possible, quelle aurait été l'attitude de nos gouvernants ? Du moment que l'on ne veut pas délivrer ces malheureux quand c'est un Français qui le demande, à plus forte raison, on aurait été sourd si c'était un Targui?

Enfin, comme on le voit, les suppositions et les présomptions de certaine Presse et certaines personnes ne tenaient pas debout; nos compatriotes ne pouvaient ni s'évader, ni donner de leurs nouvelles. Voilà l'exacte vérité!

Puisqu'il est hors de doute qu'ils existent : il s'agit de savoir comment les délivrer. C'est ce que nous examinerons dans le chapitre suivant.

V

La Délivrance

Nous aurions manqué à un devoir élémentaire si, après avoir prouvé l'existence des survivants de la mission, nous n'indiquions pas les voies et moyens à suivre ou à employer pour les délivrer.

Ces moyens sont de deux sortes : ceux dont peut disposer le Gouvernement et ceux dont les sociétés savantes, les syndicats commerciaux et même les simples particuliers pourraient mettre en œuvre.

Contentons-nous, avant tout, d'étudier l'état actuel du pays qui nous occupe, analysons les événements qui s'y passent depuis plus de deux ans, et cherchons quelle est l'influence que ces événements peuvent avoir sur la destinée de nos captifs. Car, il ne faut pas se le dissimuler, la situation est grave. Du succès de nos démarches pour les délivrer dépend le sort de nos compatriotes ; la moindre imprudence, la moindre légèreté, la moindre indiscrétion peut leur coûter la vie.

En pareils cas, on ne saurait être trop prudent.

Au cours de l'enquête militaire à laquelle la Division d'occupation avait procédé, je dis à M. le général Leclerc à peu près ceci :

— Surtout, mon Général, recommandez bien au Gouvernement de dire au Gouverneur du Soudan et au Commandant du poste de Tombouctou de ne rien tenter. Toutes démarches, toutes recherches officielles tentées par eux seraient peut-être fatales aux captifs. N'éveillons pas les rancunes des Touaregs et soyons discrets.

Rien de plus juste. Procédant en pays conquis, nos agents coloniaux n'auraient pas manqué d'interroger, à tort et à travers, des indigènes de tous les pays. Dans un pays où il est admis comme principe traditionnel que : *interroger un homme équivaut à l'injurier*, il est souverainement maladroit d'y procéder dans les mêmes conditions que chez nous. Nulle part ailleurs que dans le Centre Africain, le vrai moyen de ne pas savoir la vérité c'est d'interroger. Cette manière de voir n'aurait rien produit de bien satisfaisant.

Nos agents coloniaux devraient se pénétrer d'une maxime politique, mise en application par le khalif Omar. Cet éminent homme d'Etat musulman disait :

« La première condition de vitalité pour un « pays conquis, c'est que le conquérant sache « bien respecter les mœurs et coutumes, quelles

« qu'elles soient, du conquis. Celui-ci ne saurait
« s'élever au rang du conquérant, si ce dernier
« se contente de lui tendre la main tout en
« restant assis majestueusement sur son trône.
« Le bras, en ce cas, faiblit et tout dégringole.
« Il faut au contraire, qu'il descende de son
« trône, qu'il se mette au niveau de son sujet
« et qu'il l'élève graduellement, en employant
« toutes ses forces pour le soutenir. »

Et il ajoutait :

« La conquête est une terrible tutelle. Ce
« n'est pas par la force que l'on domine son
« pupille : c'est par les bons exemples. Léga-
« lement, un tuteur ne peut l'être qu'autant
« qu'il justifie d'une honorabilité parfaite, d'un
« esprit de conciliation hors ligne, sinon c'est
« un tuteur indigne. »

Voilà ce que nous devons méditer ! Voilà ce
que devrait être la conduite de nos fonction-
naires coloniaux.

Pour nous, restons dans la note exacte,
mettons-nous hardiment à la hauteur des
Touaregs et cherchons à tirer de cette circonstance le plus de profit possible pour ne l'employer qu'au cas spécial qui nous incombe.

Du peu que nous avons dit des Touaregs, le
lecteur a dû comprendre que nous avons affaire à des gens qui permettraient tout excepté
les blessures d'amour-propre. Ce grand peuple
enfant est capable de commettre toutes les

atrocités, comme il est capable d'accomplir toutes les actions généreuses. Il n'agit que suivant les dispositions du moment.

Par conséquent, au lieu de chercher à les faire plier devant la force — ils ne plieront jamais — nous pouvons, par la douceur, les diriger au gré de nos désirs. Toute idée d'asservissement aux lois d'une conquête à part, on peut faire des Touaregs ce que l'on veut.

Tendez la main au Targui, il se mettra à genoux devant vous. Menacez-le, il disparaîtra pour ne reparaître qu'en ennemi vindicatif et implacable, d'autant plus dangereux qu'il est invisible tant qu'il se sent faible et n'apparaît que lorsqu'il est fort et qu'il vous sait faible.

Allez dans le Sahara, traversez-le en force suffisante. Tant que vous serez vigilant, tant que vous serez fort, vos ennemis seront invisibles; mais le jour où vous commettrez une faute, le jour où vous faiblirez, vous pouvez être sûr que les Touaregs ne sont pas loin et c'en est fait de vous. Bien qu'invisibles, rien de vos faits et gestes ne leur échappe.

Allez, seul ou en nombre, mettez-vous sous la protection d'un seul, vous êtes protégé par tous; vous êtes reçu à l'admiration. Rien ne vous manquera : le Targui ne mangera pas mais vous donnera à manger; le Targui ne boira pas, mais vous donnera à boire, le Targui se fera tuer pour vous sauver la vie.

Oui, tel est le caractère de cette nation si fière et cependant si méconnue, avec laquelle nous avons vécu jusqu'ici en état d'hostilité constantes, alors qu'il nous était si facile d'en faire des sujets fidèles et soumis par des moyens purement pacifiques.

'Dans ces conditions — et pour revenir à notre sujet — il y a lieu, d'ores et déjà, d'écarter tous moyens violents, si nous voulons réussir à délivrer nos compatriotes.

Nous venons de dépeindre en quelques lignes dans le chapitre précédent la race humaine à laquelle nous avons affaire ; nous avons étudié les contrées qu'elle habite, il ne nous reste qu'à établir un parallèle entre la situation actuelle de ces contrées et les dispositions d'esprit dans lesquelles se trouvent les populations aujourd'hui. Nous en déduirons les circonstances pratiques favorables à la résolution du problème que nous poursuivons : la délivrance de la Mission Flatters.

Pour mettre nos lecteurs à même de juger sainement de l'efficacité des moyens que nous préconisons, nous sommes obligés de leur faire un tableau fidèle des événements qui se passaient dans l'Afrique Centrale, alors que nous nous y trouvions.

Bien entendu, nous ne parlerons que des événements qui ont, de près ou de loin, une connexité quelconque avec notre sujet.

La prise de Kouka, capitale du Bornou, par Rabah, nègre affranchi de Zobéïrou, l'ancién gouverneur du Khordofan pour l'Egypte, ne pouvait manquer d'avoir son contre-coup chez les Touaregs. Et ce contre-coup eut et aura encore de longtemps, des conséquences terribles.

Kouka est un centre commercial très important. Par sa position sur les rives du Tchad, elle est le rendez-vous de tous les commerçants de Tripoli, du Oudaï, du Baghirmi et de toutes les régions voisines des grandes provinces Haoussas. C'est sur les marchés de Kouka que se pratiquent les échanges des marchandises européennes avec les produits soudanais. Elle était alimentée de produits européens par deux caravanes annuelles y arrivant par deux voies différentes : la voie Tripoli-Morsouk-Bilma et celle d'Algérie, Maroc ou Tripoli-Ghadamès-Ghat-Aghadès-Zinder.

Les Kell-Aouaï et quelques Adjer servaient aux transports des marchandises, par l'une et l'autre voie; c'était surtout pour les Kell-Aouaï l'unique ressource de vitalité.

Depuis la prise de Kouka, les caravanes ne circulent plus. Les Kell-Aouaï, privés des moyens d'existence, ne vivent plus que de maraude. Chassés de Zinder, par les troupes de Rabah qui en tenaient le siège, les Touaregs du Damerghou, refoulés vers le centre, vivent constamment en guerre entre eux, se razziant mutuellement. Ils se rabattent, en masse, sur le puits d'Assiou où ils attendent vainement une caravane quelconque pour la dévaliser.

Outre cela — et pour comble de malheur — la circulation est suspendue entre Zinder et Kano, grand centre commercial des Haoussa, et important débouché pour l'Europe.

Car les caravanes du Maroc, Algérie, Tripoli-Ghadamès-Ghat-Aghadès se divisaient, à Zinder, en deux fractions : l'une se dirigeant sur Kouka et l'autre prenant la route de Kano.

Rien de tout cela n'existe aujourd'hui. Depuis que Rabah prit Kouka et opéra le siège de Zinder, aucune caravane n'osa pénétrer au Soudan Central par les régions Targui.

D'un autre côté, la prise de Tombouctou eut pour résultat de faire affluer vers le centre non seulement la majorité des habitants de Tombouctou, mais encore tous ceux des oasis l'environnant. La population de l'Adar qui vivait précédemment du commerce qu'elle faisait avec Tombouctou se trouve obligée, par le fait même de la prise de cette dernière localité, ou de se rabattre vers Thaoua ou de descendre vers le Sud, à Sokoto, Guando, Ilouan-Yebbou, Angaski, Bidda et peut-être même Ilori.

Dans des circonstances semblables, la région où se trouvent nos captifs est fort troublée et complique d'autant le problème de leur délivrance. Ce problème qui fût très facile en 1893 et au commencement de 1894, devient singulièrement difficile à résoudre aujourd'hui. La faute retombe toute entière sur des personnes qui, pour me nuire personnellement, cherchèrent à ternir cette affaire pour m'écraser plus facilement.

On se rendra facilement compte que le tableau est bien sombre. On se demande, sans doute si l'auteur, en présence d'une telle situation, trouverait encore des moyens sensés pour délivrer les captifs dont il défend la cause aujourd'hui devant la France entière.

Que l'on se rassure. Les moyens ne manquent pas ; il s'agit de savoir les employer.

« *Du reste, je déclare hautement que je mets ma vie au service des captifs. Bien qu'atteint d'une maladie dangereuse et incurable, je suis prêt à aller au secours de nos concitoyens et me fais fort de les délivrer.* »

Sous le bénéfice de cette affirmation absolument sincère de notre part, nous revenons à notre sujet.

Quels seraient maintenant les moyens pratiques pour arriver à délivrer les captifs sans compromettre leurs existences et sans nous aliéner les Touaregs ?

Sous ce rapport, nous nous trouvons en présence de deux systèmes : le système agressif et le système pacifique.

Mon opinion sur le premier chef est connue ; elle se déduit d'elle-même et ressort clairement de la note générale de cet opuscule. Et c'est avec juste raison que nous nous déclarons hautement contre toute idée d'expédition militaire dans le centre Africain. Nous affirmons que de semblables expéditions sont dangereuses et inutiles.

Dangereuses parce que l'ennemi le plus terrible, *le seul* que nous aurons à combattre, est le climat.

Inutiles parce que, en admettant même, que nous prenions toutes les oasis des régions Targui — ce qui constituerait une chimère — nous aurions répandu notre sang et semé notre or sans aucun résultat sérieux.

Et nous allons le démontrer clairement :

Les raisons qui confirment notre manière de voir sont de deux sortes : les unes, purement physiques résident tout entières dans la situation topographique et climatérique des contrées à conquérir ; les autres, simplement sociales découlent du caractère national des populations auxquelles nous aurons affaire.

Le Centre Africain, en ce qui concerne spécialement la zône d'influence incombant à la France, se divise en deux régions bien différentes sous tous les rapports : la région Targui et la région Soudanaise. Nous négligerons cette dernière parce qu'elle n'entre pas dans notre sujet, pour ne nous occuper que de la première. Mais disons, en passant, que les deux régions sont identiques quant au point de vue de l'avenir. Ce qui s'applique à l'une s'applique intégralement à l'autre, bien que les conditions sociales diffèrent du tout au tout chez les deux. Cette circonstance s'explique cependant très bien comme on peut le voir dans un autre ouvrage que celui-ci.

La région Targui qui nous occupe a pour limites : au nord, le Maroc, l'Algérie, la Tunisie et la Tripolitaine; au sud, le Bornou, les provinces Haoussas; à l'est, une ligne partant du Tchad passant à hauteur de Morsouk et aboutissant à la limite sud-est de la Tripolitaine; à l'ouest, les Monts Igharghar et leur prolongement jusqu'au Maroc.

Telles sont, à peu près, les limites qu'il convient de fixer, au point de vue géographique, à la région centrale de l'Afrique habitée par les Touaregs, d'après moi. Des savants les contesteront, mais ce n'est là qu'un simple détail.

Cette région est habitée par quatre grandes confédérations Targui :

1º Les Hoggar, ayant pour centre commercial et de ralliement In-Salah;

2º Les Adjer, dont le centre commercial est Ghat;

3º Les Kell-Gress-Kell-Aouaï, ayant Aghadès pour centre de ralliement.

Nous disons Kell-Gress-Kell-Aouaï avec
juste raison. Ces deux fractions ont une même
origine; elles forment une seule confédération;
elles ne se séparèrent et se distinguèrent l'une
de l'autre que parce que les Kell-Gress restè-
rent purs Touaregs, tandis que les Kell-Aouaï
se fusionnèrent avec la race noire par suite
d'alliances matrimoniales. Du reste, elles se
rallient sous le même drapeau;

4° Les Loumaden se ralliaient anciennement à
Tombouctou, ils ont aujourd'hui pour centre
commercial Thaoua.

Indépendemment de ces quatre grandes
confédérations, il s'en forme une cinquième
composée d'émigrants des quatre premières et
se ralliant à Tombouctou. Nous ne nous en oc-
cuperons pas. Elle est étrangère à notre cas.

Telles sont les divisions géographiques et
populaires du Sahara central.

Il faut avoir vu ces pays, il faut y avoir
voyagé pour se faire une idée exacte des difficultés insurmontables qui s'y rencontrent.

Une question qui prime toutes les autres au
Sahara, c'est l'eau. Une caravane qui s'écarte
d'un seul point d'eau de son chemin est irré-
médiablement perdue.

Les puits au Sahara sont de deux catégories:
les puits creusés à l'avance et les puits dont
l'eau surgit d'elle-même dès que l'on a creusé
le sable à une certaine profondeur.

Les deux espèces de puits sont couverts par le sable et sont, par conséquent, invisibles à l'œil qui n'est pas exercé à les reconnaître. Une personne inexpérimentée passerait un million de fois sur l'endroit où gît un de ces puits sans se douter de leur existence. Il ne lui viendrait même pas à l'idée qu'il puisse y avoir de l'eau sous ses pas.

Les puits creusés sont d'une profondeur moyenne de 8 à 9 mètres et d'une largeur de 2m50 à 3 mètres. Ils sont couverts d'une sorte de plate-forme en branches de palmiers superposées et solidement attachées avec des cordages. Ces plates-formes sont recouvertes d'un certain nombre de peaux de chameaux, clouées les unes sur les autres. Elles ont quelquefois une épaisseur de 60 à 80 centimètres. Elles supportent le poids d'une forte quantité de sable.

Dès que la caravane arrive à l'un de ces puits, le guide, après en avoir reconnu exactement l'emplacement l'indique au chef de la caravane. Celui-ci désigne plusieurs hommes de bonne volonté qui, à l'aide de petites pelles — et même avec leurs mains — se mettent à déblayer le sable qui recouvre la plate-forme. Celle-ci enlevée, on descend dans le puits des outres spécialement faites pour puiser l'eau.

Ces outres sont fixées à des cordages d'une certaine grosseur.

Pendant ces préparatifs, d'autres personnes

ont déjà déblayé une espèce de bassin se trouvant auprès du puits. On passe alors les cordes sur une roue creuse surmontant deux grandes perches dont la caravane se prémunit d'avance, et on attelle un chameau.

Le puisage de l'eau se fait alors exactement dans les mêmes conditions que pour les norias en Tunisie.

Il est défendu à toute personne, fut-elle malade, de boire une seule goutte d'eau avant que tous les animaux aient bu. Cette coutume est tellement innée dans les mœurs qu'il ne viendrait à l'idée d'une personne, quelle qu'elle soit, d'y contrevenir.

Dès que l'on a bu, dès que l'on s'est approvisionné d'eau en quantité suffisante, on recouvre le puits comme auparavant et on comble le bassin.

Cette opération terminée, tout redevient comme avant : un champ de sable ne révélant son contenu qu'aux initiés.

A la rigueur, si on l'a déjà vu, on peut retrouver l'emplacement exact de l'un de ces puits. Mais faut-il encore être doué d'une mémoire extraordinaire pour le découvrir, seulement quelques heures après qu'il ait été couvert et surtout avant d'avoir quitté la place.

Quant à moi, j'avoue, à ma honte, que bien souvent, je n'ai jamais été capable de découvrir

un puits, sur place, cinq heures après qu'il ait
été recouvert.

Si l'emplacement des puits de la première
catégorie est presque impossible à trouver, elle
l'est totalement pour ceux de la seconde.

Que l'on en juge :

Rien dans le genre, ni dans la configuration
du terrain ne révèle ni l'existence ni même l'apparence d'un point d'eau. Une végétation plus ou
moins remarquable, dénote, pour un observa-
teur, un terrain d'une humidité douteuse.

Cependant, c'est au milieu de ce terrain que
gît le puits ou plutôt la source dont nous allons voir rejaillir l'eau, comme par enchan-
tement.

Le procédé est bien simple. On commence
tout d'abord par déblayer un bassin, comme
celui déjà décrit. Le bassin déblayé, le guide
indique l'endroit d'où il faut enlever le sable.

Dès que l'on a retiré une certaine quantité
de sable, l'eau jaillit d'elle-même et vient tomber
dans le bassin que je viens de décrire. Souvent,
elle déborde, et vient se perdre, en un clin
d'œil, dans le sable environnant qui l'absorbe
immédiatement.

On procède alors dans les mêmes conditions
que pour les autres puits. Les besoins satis-
faits, on remet la même quantité de sable sur
l'orifice de la source, on comble le bassin, et le
terrain reprend sa première physionomie.

Deux heures après cette opération, on se demande si réellement on a vu de l'eau, et on croirait l'avoir rêvé.

Les Indigènes, eux-mêmes, ne connaissent pas, pour la plupart du temps, les emplacements des puits. Souvent, ils sont obligés d'avoir des guides, à plus forte raison les étrangers.

Finira-t-on par comprendre, enfin, qu'envoyer dans ces conditions une troupe régulière, opérer dans des régions où l'eau est une question de vie et de mort, c'est aller au-devant d'une catastrophe formidable; c'est risquer, avec connaissance de cause, des vies humaines sans aucun résultat?

Et la question d'eau n'offre pas seulement les difficultés que nous venons d'énumérer. Elle est forcément notre adversaire le plus terrible. Si elle constitue pour nous un danger permanent, pour les Touaregs, elle est un puissant allié. Par sa mauvaise qualité, elle occasionne des maladies mortelles; par son insuffisance, ou elle nous conduit à une mort certaine si nous sommes en nombre, ou elle met notre effectif numérique en état d'infériorité par rapport à nos ennemis, et, par conséquent, nous devenons leur proie facile.

Car, il ne faut pas oublier que dans certaines régions, l'eau des puits suffit à peine à alimenter deux cents personnes et autant d'animaux.

Nous pourrions peut-être — c'est peu probable — trouver des guides capables de reconnaître les points d'eau et de nous y conduire, nous pourrions trouver des hommes capables d'endurer toutes les privations — l'armée française offre des ressources prodigieuses — mais ce que nous ne trouverons pas, c'est l'eau, même de mauvaise qualité, en quantité suffisante.

Et, alors, il arrivera de deux choses l'une : ou nous marcherons en une seule unité, en un seul groupe et nous risquerons de mourir de soif, ou nous serons obligés de nous diviser. En ce cas, nous nous ferons battre séparément avec certitude absolue.

Chercher à éluder ce dilemne, serait faire œuvre d'utopiste ou de mauvais patriote.

Il ne s'agit pas de faire valoir des sentiments de fierté, hors de saison. L'amour-propre national n'a rien à faire dans des questions de ce genre.

Combattons l'ennemi qui menace la Patrie, mourrons en défendant notre territoire mutilé, relevons notre prestige compromis par l'envahissement d'un ennemi séculaire, d'accord.

Mais pour Dieu! n'allons pas mourir sur les steppes d'un pays aussi ingrat qu'aride. Ne nous mesurons pas avec un ennemi qui ne demande pas mieux que d'être notre esclave.

Surtout ne forgeons pas de chimères.

Un chef targui me disait un jour : « Le nègre
« et le chien sont indignes de mourir de la main
« d'un H'chemy. Aussi, est-ce une honte éter-
« nelle pour nous que de tuer un nègre ou un
« chien. Et comme nous nous respectons trop,
« nous respectons la vie de ces deux *animaux*-
« *là* (sic).

« Ainsi lorsque nos serfs se révoltent contre
« nous, nous sommes obligés d'employer ou la
« *douceur* ou le *bâton* pour les mettre à la
« raison. »

Et dire que la France est obligée de dépenser 150 ou 200 millions, ce qui ne signifie rien,
mais bien d'envoyer 30,000 de ses meilleurs
enfants à Madagascar pour combatre une vulgaire négresse, soit-disant reine.

C'est vraiment humiliant.

Après avoir développé ces considérations
géographiques, dois-je insister sur d'autres du
même genre? Non. Tout le cadre de cet ouvrage ne suffirait pas.

Nous sommes donc obligé de revenir aux
considérations du deuxieme ordre : *l'état social.*

Les Touaregs se divisent en deux éléments
populaires bien distincts. Chacun de ces deux
éléments a des mœurs, des coutumes, des tra-
ditions absolument dissemblables. Les H'rars
(hommes libres) et les Aâbids (les serfs). Les
H'rars sont blancs de teint, légèrement bruns,

aux traits réguliers, tenant de l'Arabe et du Numide. Je n'insiste pas, les questions physiologiques n'ont aucun rapport avec notre sujet.

Il n'y a qu'une seule catégorie de H'rars. *Tous les Touaregs blancs sont, socialement parlant, égaux*. La tradition Targui n'admet pas de servitude pour les blancs.

Détruisons, en passant, plusieurs erreurs communes à tous les auteurs qui ont écrit sur les Touaregs.

Il n'y a pas de hiérarchie dynastique, pour la raison bien simple, c'est qu'il n'y a ni royauté ni empire. Les Touaregs vivent dans un état anarchique absolu. Chaque tribu, chaque fraction de tribu, chaque famille et chaque membre majeure d'une famille, jouit d'une liberté complète.

Cependant, la tradition veut, que chaque fraction autonome ait un drapeau (رايـة raïa) particulier, et que chaque confédération ait un drapeau général autour duquel viennent se ranger tous les drapeaux particuliers, en cas de danger menaçant la confédération ou en cas où la tribu veuille marcher sur un ennemi commun. Cela n'empêche pas deux drapeaux d'une même confédération de marcher l'un contre l'autre sans l'assentiment de l'emblème confédératif.

Ceux que les autres et moi-même, décorons pompeusement de titre de roi, sont purement et simplement des gens que les groupes ou la confédération entière, selon le cas, délèguent à la garde du drapeau. Dans ces conditions, il font tout simplement l'office d'un centre de ralliement, pas autre chose.

Ces souverains porte-étendards, n'ont rien à administrer, si ce n'est de mettre de l'ordre dans les combats, en cas d'attaque. Alors seulement, ils deviennent, en cas de guerre, les maîtres absolus dont les décisions sont d'autant mieux exécutées que tous les combattants les croient dictées par Dieu même. La discipline est d'autant plus rigoureuse qu'elle est édictée et appliquée par tous.

Ces sauvages, vivant dans une anarchie absolue, ayant en horreur tous pouvoirs humains, deviennent, dès les hostilités d'une guerre, un instrument, une chose, un objet, entre les mains de l'homme qu'ils ont jugé digne de garder leur drapeau. Je ne l'aurais pas vu, de mes yeux vu, que je ne l'aurais jamais cru.

Cet homme, hier encore l'égal de tous, qui devient aujourd'hui le maître, sans conteste, des destinées de tous, est une anomalie sociale que les Touaregs sont seuls capables d'ériger en système.

Les gardiens du drapeau, devant un jour jouir de si immenses facultés, ne peuvent être choisis que parmi des gens ayant donné des preuves extraordinaires dans les combats. Cette circonstance seule, écarte toute idée de pouvoir héréditaire.

Cependant, très souvent, il arrive que cette royauté, essentiellement d'ordre de défense nationale, reste entre les mains de plusieurs membres d'une même famille. Il arrive, rarement, c'est vrai, qu'un chef de cette espèce, soit déchu de ses droits. C'est ce qui vient d'arriver à Soho Ibnou Abdelkader, empereur d'Aghadès ou plutôt le gardien du drapeau commun de la confédération Kell-Gress-Kell-Aouaï.

J'avoue que le cas de Soho n'a pas dû se présenter souvent, car, pendant que j'étais chez les Touaregs, les vieillards de chaque fraction discutaient sur la question de savoir si, Soho vivant, on doit pourvoir à son remplacement.

Il paraît que la question n'a jamais été prévue par la tradition Targui. Habituellement, on égorgeait simplement les chefs indignes. Dans l'embarras, d'aucuns regrettent de ne pas avoir détruit l'objet de tant de controverses.

Comme c'est Labran qui fut le principal promoteur de la déchéance de Soho et que c'est en même temps lui qui sauva la vie à ce roi déchu, plusieurs vieillards, notamment Hadji Belhou, lui reprochent amèrement d'avoir épargné la vie d'un indigne.

Mais Labran a sagement agi en cette circonstance. Il a fait œuvre de vrai Français, la tradition Targui lui importe peu.

Pour avoir déclaré qu'il existe une hiérarchie dynastique chez les Touaregs, le célèbre explorateur Duveiryer a dû arriver chez eux au moment où les fonctions de gardien du drapeau étaient détenues par plusieurs membres d'une même famille.

Mais M. Duveiryer ne se contente pas de dire qu'il existe un pouvoir héréditaire chez les Touaregs, mais encore d'affirmer que ce pouvoir se transmettait par la voie des femmes ; c'est-à-dire que ces fonctions seraient, d'après l'explorateur, réservées à la lignée, issue des femmes, à l'exclusion de celle descendant des hommes.

C'est encore là une profonde erreur. Elle provient de ce que les Touaregs n'établissent pas de distinction, en tant qu'héritage, entre les lignées féminines et masculines. Que l'aîné d'une famille soit le fils d'un homme ou d'une femme, il est, de droit, chef de cette famille. Il jouit, par conséquent, des droits et privilèges que comporte ce titre. Il est probable que lors du voyage de Duveiryer, non seulement le pouvoir, tel que nous l'expliquons plus haut, était détenu par un membre d'une famille l'ayant possédé avant lui, mais encore que ce-

lui qui en jouissait était issu d'une lignée féminine.

Il est vrai de dire que les Touaregs ont deux
dénominations pour désigner les deux lignées.
Ils appellent ceux de la descendance mascu-
line : *ouled es-sid* (اولاد السيد) les enfants du
seigneur, pris dans le sens de l'homme ; et ceux
de la descendance féminine : *ouled el oum*
(اولاد الأم) les enfants de la mère, pris dans le
sens de femme. Mais ce n'est là qu'une simple
dénomination qui ne comporte aucune priori-
té exclusive.

Donc, les Touaregs, n'obéissent à aucun pouvoir régulier temporel.

On m'objectera que Duveiryer avait exploré
les Touaregs du Nord : Hoggar et Adjeur,
tandis que moi je n'ai exploré que ceux du Sud :
Kell-Gress-Kell-Aouaï et Loumaden ; qu'il est
par conséquent possible, que ce qui se passe
dans le Nord ne se passe pas dans le Sud.

A ce point de vu, la tradition Targui est
partout la même. Du Nord au Sud les Touaregs
subissent l'effet de cette tradition qui est commune à toute la confédération, sans restriction
aucune.

Il n'y a donc aucun pouvoir temporel régulier. C'est donc pure utopie que de chercher à leur faire subir l'effet d'un traité écrit
ou non. Ce traité, quel qu'il soit, sera peut-être
respecté par celui qui le contracterait, mais

sera fatalement violé par la grande majorité des autres tribus ou membres de la confédération.

Le meilleur traité que nous puissions faire avec une telle population, c'est de les habituer à fréquenter nos marchés librement, en toute sécurité, de manière qu'à charge de réciprocité, ils nous laissent aller chez eux, sans défiance; en un mot, c'est de leur créer des besoins tels qu'ils soient obligés de venir chez nous.

Il est un seul pouvoir auquel les Touaregs obéissaient à un moment donné; il était purement spirituel.

Jusque vers le XVI⁰ siècle de notre ère, les Touaregs reconnaissaient comme souverains pontifs, les empereurs d'Aghadès. Mais, depuis, ces souverains sont réduits au simple rôle que nous leur assignons plus haut.

Enfin, les affaires publiques intérieures ou extérieures sont réglées par des assemblées générales formées des vieillards de chaque tribu ou fraction de tribu.

Ces assemblées que l'on appelle Myad, se réunissent toutes les fois qu'un différend surgit entre deux mêmes tribus, deux confédérations, deux fractions de confédération, ou même entre deux membres d'une même fraction.

Tous les Touaregs blancs, hommes, femmes et enfants, sont, de par la tradition, membres

de droit de ces Myad. Ils peuvent tous y prendre la parole.

Les décisions de ces Myad ne sont définitives
qu'autant qu'elles sont votées à l'unanimité
par tous les membres présents. Il suffirait
qu'un enfant de dix ans ne soit pas d'accord
avec la majorité pour que la discussion soit
entamée de nouveau et ne soit close qu'au
moment où tout le monde tombe d'accord.

C'est pourquoi, la plupart de ces discussions
durent des mois et quelquefois des années
entières.

Il ne faut donc pas trop s'étonner si le traité
de Ghadamès n'a donné aucun résultat appréciable.

Il nous faut, par conséquent, réunir une
majorité de cette espèce, non pas autour d'un
traité écrit — il n'aura aucune valeur — mais
autour d'un intérêt palpable : la protection
réciproque des caravanes commerciales des
deux parties. Un traité de ce genre est seul
pratique.

Car, pour faire œuvre utile dans le Centre
Africain, il ne s'agit pas seulement de pouvoir
aller chez les Touaregs, mais bien de les habituer à venir eux-mêmes chez nous.

Tel est le premier point de vue social qu'il
importe de connaître. Comme on le voit, il
n'est pas du tout encourageant pour notre
prépondérance par les moyens violents.

Reste le côté social le plus important. Par leur genre d'existence, les Touaregs sont-ils susceptibles de subir une domination étrangère ? Nous répondrons carrément non.

Les Touaregs sont nomades ou sédentaires. Les nomades sont excessivement mobiles et se transportent, selon les besoins, d'un point à un autre du pays, avec une grande facilité. Ce sont des gens absolument insaisissables qui n'obéiront jamais aux lois d'un vainqueur quel qu'il soit. Ils sont en majorité et forment la force vive du pays.

C'est une erreur que de croire un seul instant, que l'on pourrait les réduire par la force. Il faudrait être constamment à leur poursuite sans pouvoir jamais les atteindre. Ce serait pour nous un travail de romains auquel il ne faut jamais songer.

Les sédentaires habitent les ksours et les oasis. Généralement, ces agglomérations populaires sont éloignées de toutes les grandes voies de communication et partant très difficiles à découvrir.

A la rigueur, nous pourrions les découvrir, les occuper. Mais à quoi cela nous avancerait-il ? A rien. Et en voici la raison :

Pour faire la conquête utile d'un pays, il faut que les Indigènes aient des intérêts majeurs qui les retiennent sur place et les obligent à subir les lois du vainqueur.

Or, rien de semblable n'existe ni au Soudan ni chez les Touaregs. N'ayant rien, ne possédant rien, la population quitte, sans regret, l'oasis occupée, après avoir détruit les ksours, comblé les puits et coupé les palmiers.

Tel est le procédé séculaire qu'elles emploient en cas de revers à la suite d'une guerre qui éclaterait entre elles. A plus forte raison, lorsque ces revers sont du fait d'un étranger.

Le Sahara et le Soudan étant très vastes, partout où il existe un point d'eau, le Targui et le Soudanais se trouvent parfaitement chez eux.

Dans ces conditions, et pour le cas spécial qui nous occupe, tous moyens violents doivent être écartés comme dangereux et inutiles.

Le gouvernement s'est peut-être figuré que pour délivrer nos malheureux compatriotes, il lui faudrait préparer une expédition formidable, et dépenser des centaines de millions. C'est là une erreur profonde; ce serait le vrai moyen de ne pas les délivrer du tout; au contraire, ce serait aller au-devant d'une catastrophe épouvantable et provoquer leur mort bien inutilement.

Que le gouvernement se rassure! Pour délivrer nos malheureux compatriotes, il ne faut pas d'argent, il faut du dévouement, du savoir et de l'habileté; il ne faut ni expédition, ni mission, ni même une caravane; il suffit de trois ou quatre hommes de bonne volonté et trois ou quatre mille francs, au grand maximum.

Quelles seraient la conduite et la voie à suivre par ces quelques hommes de bonne volonté ? C'est ce que nous allons examiner.

Nous avons assez insisté sur les contrées Targui et sur leurs éléments populaires, pour qu'il ne reste aucune crainte à concevoir sur la vie de quelques individus voyageant dans certaines conditions à travers le Sahara central. Il ne nous reste par conséquent qu'à indiquer le chemin à suivre et les moyens pratiques pour sauver nos compatriotes de leur longue captivité.

Sur le premier chef, nous nous trouvons en présence de trois voies également avantageuses :

1º Ghadamès-Ghat-Aghadès-Thaoua ;
2º Kotonou-Bidda-Sokoto-Konny-Thaoua.
3º Sénégal-Tombouctou-Thaoua ;

Toutes ces voies, à part le temps plus ou moins long que l'on y mettra, offrent les mêmes chances de réussite.

La voie Ghadamès-Ghat est celle qui certainement offre le moins de sécurité. Mais pour quatre hommes voyageant dans des conditions ordinaires, sans rien d'apparent qui excite la convoitise, réclamant la protection de la Con-

fédération Targui, ne courent aucun danger.
Il leur suffira de dire qu'ils se rendent à Thaoua, chez le roi Ahmadou Ibnou Melloul, pour
que personne ne leur fasse aucun mal. Au
contraire, ils trouveront toutes les facilités
possibles de la part de tous les Touaregs, sans
exception. Partout — et quel que soit l'état du
pays — ils trouveront aide et protection jusqu'à Thaoua.

Une des conditions essentielles de réussite
par cette voie, c'est que les futurs voyageurs
n'aient rien de voyant sur eux qui soit d'une
certaine valeur. Il leur suffit de louer quelques
méhéris et payer leur guide à Ghat. La nourriture, ils en trouveront partout; les Touaregs
étant très hospitaliers. C'est un des meilleurs
moyens de circuler, car plus nos voyageurs
auront besoin des Touaregs, plus ils seront en
sécurité.

Ils pourraient, en voyageant ainsi, traverser
le Sahara sans que personne ne songe à les
inquiéter. Il leur suffira de n'interroger personne pour que quiconque ne pense à les interroger.

A mon avis, il serait utile que nos voyageurs se prémunissent de divers objets de manière à pouvoir faire quelques cadeaux en
route; mais outre que ces objets ne doivent
pas être d'une grande valeur, ils doivent être
empaquetés avec le nom du destinataire écrit

en gros caractères sur chaque paquet. Ces paquets, ainsi conditionnés, sont inviolables, d'après la tradition; ils se perdraient en route, que celui qui les trouverait les ferait parvenir à destination. Les voyageurs n'auront donc aucune crainte à concevoir à ce sujet.

En un mot, le voyage par la voie Ghadamès-Ghat comporte trois choses : 1º une bonne constitution physique pour supporter les rigueurs du climat, et pour endurer toutes les privations ; 2º être pauvre ou passer pour tel et s'adresser toujours aux Indigènes pour les choses ordinaires de la vie; 3º n'interroger ni violenter personne, et se mettre sous la protection de la Confédération.

La voie Kotonou-Bidda-Sokoto-Konny est la plus sûre et aussi la plus longue; c'est celle que j'ai suivie lors de mon voyage.

Cette route traverse tout le Yourouba, le Nouffé, le Yaouri, le Dendi, le Kabbi, le Zamphara, le Bas-Gober et l'Adar. Les populations de tous ces pays sont paisibles et inoffensives. Seulement, il faut à chaque instant offrir des cadeaux. Presqu'à chaque ville ou village, il faut se présenter au chef et lui donner quelque chose. Il est vrai qu'en compensation, ce chef vous assure la nourriture et le logement pendant toute la durée de votre séjour dans sa ville et de plus, il est obligé, de par la tradition, de vous rendre un cadeau de valeur double au moins du vôtre.

Il convient, dans ce cas, d'offrir un objet de la moindre valeur possible ; car il arrive souvent que, sous prétexte de vous rendre votre politesse, le roi, dans l'impossibilité de le faire convenablement, vous retienne pendant un certain temps. Et le temps est précieux au Soudan.

Par cette voie, on peut voyager, en riche ou en pauvre, comme l'on veut, mais jusqu'à Sokoto seulement. De là, on entre presqu'immédiatement en territoire Targui, et il convient d'agir ainsi que nous venons de le dire pour la voie précédente.

Une fois à Konny, on peut se fier au roi Ouachar Ibnou Moallimi qui, j'en suis sûr, se chargera obligeamment de conduire, *lui-même*, nos voyageurs à Thaoua. Ce jeune souverain est très serviable : le moindre cadeau lui sera agréable.

La voie Sénégal-Tombouctou est la plus courte, mais aussi la plus dangereuse. Partir d'un point récemment occupé par l'ennemi, c'est inspirer méfiance de prime abord. Cependant, on pourrait tenter un voyage par cette voie. Il suffit de se bien garder de ne prendre aucune recommandation d'un personnage Indigène quelconque. Quelquefois, par excès de zèle, le chef de poste de Tombouctou pourrait faire recommander nos voyageurs par un chef religieux qui se trouverait à Tombouctou, soit en captivité, soit en liberté. C'est là le vrai moyen de subir un échec.

Pour le succès de l'entreprise par cette voie, il importe que les personnages officiels ne s'en mêlent ni de près ni de loin. Nos voyageurs doivent se suffire eux-mêmes et préparer leur expédition, avec le concours des Indigènes exclusivement. Il serait même utile que cette expédition se prépare sans que l'autorité n'en sache rien.

Telles sont, en résumé, les routes à prendre pour parvenir à Thaoua.

Mais une fois à Thaoua, quelle serait la conduite de nos voyageurs? Comment parviendraient-ils à délivrer les captifs?

Ici, trois moyens se présentent : deux d'ordre tout à fait local, normalement admis dans le pays : le don ou l'achat; un, d'ordre purement politique.

La tâche qui incombe à nos voyageurs dans les trois cas est très délicate, j'en conviens. La réussité dépend de l'habileté qu'ils déploieront. Il s'agirait, pour eux, de manœuvrer de telle façon à se faire donner les captifs sans éveiller des soupçons dangereux.

Pour cela, il leur faut capter la confiance d'Ahmadou Ibnou Melloul, et saisir le moment favorable pour lui demander nos captifs. Cette manœuvre ne peut se prescrire d'avance; elle est subordonnée aux éventualités de l'heure même où elle doit avoir lieu. Elle découle toute entière de l'intelligence, de la sagesse, du jugement de celui qui doit la faire. Un rien peut la faire réussir comme un rien peut la faire échouer. Cela dépend du moment et surtout des dispositions d'esprit dans lesquelles se trouverait le possesseur de nos captifs.

Je suis persuadé qu'en agissant d'une certaine façon, on arriverait facilement à se faire donner les captifs.

Le système de l'achat est plus pratique ; il n'exige pas de diplomatie. Il s'agit tout simplement de faire naître inopinément l'occasion d'avoir besoin d'un ou de plusieurs individus et manifester l'intention de les acheter. Le choix tomberait naturellement sur nos captifs sans provoquer aucune méfiance.

Le troisième moyen serait d'inciter aux Touaregs l'idée d'organiser une caravane commerciale sur un point quelconque de l'Algérie ou de la Tunisie.

Cette idée, je la leur avais donnée. Elle aurait pleinement réussie si un haut fonctionnaire de la Résidence de Tunis avait voulu s'en occuper.

La caravane était à Ghat, attendant l'avis de venir à Thataouine. Les quatre Européens en faisaient partie.

J'écrivai à ce haut fonctionnaire en lui donnant tous les détails, et en lui demandant simplement de vérifier mes dires. Croirait-on que ce bon patriote ne daignât même pas me répondre ni même s'assurer si ce que je disais était vrai.

Je n'insiste pas,

Le commerce est essentiel à l'existence des Touaregs. Il serait, par conséquent, très facile de les décider à organiser une caravane commerciale sur nos possessions du Nord de l'Afrique.

Dans tous les cas, je crois que nos voyageurs feraient bien de se prémunir de quelques lingots d'or d'une valeur de deux ou trois mille francs. Cela peut leur être très utile.

Tels sont, grosso-modo, les moyens pratiques qu'il convient d'employer dans les circonstances présentes. Leur application dépend absolument de la sagesse des futurs voyageurs. C'est à eux qu'il appartient, suivant le moment, d'employer l'un des systèmes de préférence à l'autre.

La réussite n'est pas douteuse. Il n'y a pas de temps à perdre. Hélas ! il n'y en a eu que trop de perdu.

VI

Conclusions

Ah! la politique coloniale! la terrible politique coloniale! l'infernale politique coloniale! Voilà de tes coups. Que de sang répandu! Que d'or gaspillé bien inutilement!

Si cette chimère, que l'on nomme *l'extension coloniale*, avait au moins un but humanitaire et civilisateur, les énormes sacrifices en hommes et en argent que la France s'impose, se justifieraient par des motifs plausibles.

Mais non.

Toutes ces expéditions lointaines, ruineuses ne sont faites que pour assurer la réussite des spéculations les plus véreuses. Si le commerce Français en retirait un bénéfice quelconque, passe encore! Mais point du tout. C'est la haute banque qui en profite. C'est pour sauver les intérêts financiers de tel ou tel établissement de crédit, pour donner de grandes concessions à telle ou telle Société financière, que l'on fait tuer des milliers de Français et que l'on vide le Trésor public, inutilement dans des pays arides, improductifs et inhabitables la plupart du temps.

Les martyrs qui tombèrent dans des guet-à-pens odieux, ignoraient tous dans quel but on les envoyait se faire écharper par des sauvages. Ils y allaient de confiance, les malheureux! C'est pour la gloire de la France, pour la science, pour la civilisation, que les Flatters, Crampel, Soleillet et tant d'autres vaillants allèrent périr au Sahara ou y rester en captivité.

Paix à leurs cendres! Respect à leurs mémoires!

En effet, la meilleure preuve que nos gouvernants, et surtout ceux qui les dirigent dans l'ombre, agissent tout simplement dans l'intérêt de la haute spéculation, c'est la froide indifférence — transformée plus tard en une haine personnelle acharnée — avec laquelle mes révélations sur les Survivants de la Mission Flatters avaient été accueillies.

Si, au lieu de découvrir la retraite de ces braves, j'avais découvert une mine d'or problématique, les choses auraient changé de face. Si au lieu de dire la vérité en affirmant avoir vu quatre Français en état de captivité à Thaoua, j'avais menti en disant que le plateau des Agh'rar renfermait des mines de diamant, j'aurais été porté en triomphe. Et une Société financière à gros capital se serait formée immédiatement pour exploiter la naïveté des gogos en guise de gisements.

Il n'y a pas de milieu. Il me fallait choisir ou le mensonge ou la vérité. Mentir, c'était pour moi l'avancement, les honneurs, la fortune! Dire la vérité, la soutenir avec énergie, envers et contre tous, c'était la révocation, l'obscurité, la famine !

Je n'ai pas balancé : aussi, suis-je révoqué, voué à la misère.

Mais il ne s'agit pas de moi ; il s'agit de nos captifs. Si, à un moment donné, leur cause a été enveloppée de ténèbres aux yeux de la Presse Française, partant, aux yeux de la France entière, la faute retombe sur une seule et unique personnalité. Son nom est dans toutes les bouches, mais personne n'ose le prononcer tellement elle est puissante. Ce personnage dont plus d'un ont apprécié sa conduite à mon égard, a sa juste valeur, est le **commandant Rebillet,** ancien Chef d'état-major à la Division d'Occupation de Tunisie, actuellement, Attaché à la Résidence Générale de France à Tunis.

Raconter les manœuvres de cet homme, pour satisfaire une basse rancune contre moi, ce n'est ni le lieu, ni le moment. Un autre ouvrage les contiendra toutes, avec une correspondance de lui très édifiante.

Je me contenterai, pour l'instant, d'établir la part de responsabilité qui lui incombe dans l'affaire qui nous occupe.

C'est en 1892 — alors que comme interprète militaire, j'étais attaché à la Brigade d'Occupation à Tunis — que le commandant Rebillet me pressentit sur l'éventualité d'accepter une mission d'exploration dans l'Afrique Centrale, sous le couvert de la Société de Géographie. Naturellement, j'acceptai.

A ce moment là, j'étais sur le point de me marier. Je renvoyais mon départ après mon mariage. Mes futurs beaux-parents montraient une certaine répugnance à me voir aller courir des dangers presque aussitôt marié.

Pour vaincre leur résistnance, le commandant Rebillet se rendait très souvent chez mes beaux-parents, et leur démontrait les *avantages immenses* qu'il y aurait pour moi à entreprendre ce voyage, et leur promettait *monts et merveilles...*

Il suffit, disait-il, parlant de moi, qu'il revienne, et il a réussi. *Il sera couvert de gloire et de lauriers..*

On verra, par la suite, comment le commandant Rebillet tint sa parole.

Je partis donc le 2 novembre 1892, pour ne rentrer à Tunis que le 8 mai 1894. Je venais, au milieu de privations et de dangers de toutes sortes, de passer 18 mois dans le Centre Africain. J'en rapportai une maladie chronique des plus douloureuses, et rentrai mourant. Les certificats des médecins sont édifiants à ce sujet.

Le jour même de ma rentrée à Tunis, le commandant Rebillet vint à mon chevet.

Les deux premières choses dont je lui parlai furent : 1o la captivité des survivants de la mission Flatters ; 2o la prise de Kouka, capitale du Bornou, par Rabah, événement dont il a été question dans cet ouvrage.

Ma maladie empirant de jour en jour, il ne fut plus question, entre le commandant Rebillet et moi, ni des survivants, ni de l'affaire de Kouka.

A quelque temps de là, je lus, à mon plus grand étonnement, dans un journal de Paris, *le Temps,* un entrefilet analysant une lettre me concernant, adressée par le commandant Rebillet à la Société de Géographie de Paris.

Cette lettre contenait en substance, *que j'étais revenu de mission, que j'étais malade, et que je confirmais, point par point, les merveilleux renseignements qui durent être donnés deux ans avant mon départ pour le Centre Africain, au commandant Rebillet, par un nègre nommé El Fellati, notamment ceux relatifs à la prise de Kouka par Rabah.*

Inutile de dire que mon titre d'interprète militaire était négligé, à dessein ou non, et que mon nom était précédé du qualificatif : « indigène ». Des captifs, il n'en était pas question.

Même, pour les moins clairvoyants, cette note ainsi libellée décelait une manœuvre indigne d'un homme et d'un soldat, à plus forte raison d'un officier supérieur de l'Armée Française.

Et je m'explique : Le commandant Rebillet avait écrit un ouvrage sur le Centre Africain, sur la foi de renseignements qui lui avaient été donnés par un nègre nommé Hadj Ahmed el Fellati. Lorsqu'il s'est agi d'obtenir l'autorisation de le publier, on objecta avec juste raison, au Ministère de la guerre, que ces renseignements méritaient confirmation.

La note que nous venons d'analyser avait simplement pour but de mettre tous les renseignements que j'aurai pu fournir sur l'Afrique Centrale, sur le compte d'El Fellati, de manière à ce que tout le mérite en revienne au commandant Rebillet.

L'absence de titre et la qualification « d'indigène » relevées dans la note, me réduisait à un simple nègre, conducteur de caravane, que le commandant Rebillet aurait découvert fort à propos pour lui confirmer des renseignements qui lui auraient été donnés par un autre nègre. L'équivoque était inéluctable puisqu'elle subsistait dans l'esprit du public, lorsque, à propos de notre sujet, une polémique eut lieu en France.

La meilleure preuve que l'on puisse invoquer à l'appui de cette dernière thèse s'explique clairement par l'anecdote suivante :

Bien après le triomphe final du commandant Rebillet sur moi, c'est-à-dire après ma révocation et mon écrasement complet, je fis la rencontre d'un jeune ingénieur électricien, M. Guillet, de Lyon, dans un café de Tunis. On causait justement de la Mission Flatters.

Soudain, M. Guillet se tourna vers moi, et le colloque suivant eut lieu :

« — Connaissez-vous ce Monsieur Djebari, dont on parle tant, me dit-il ?

« — C'est moi, Monsieur.

« — Comment, vous ! Mais c'est impossible ! « tout le monde se figure, à Lyon, que vous « êtes un nègre, un espèce de guide de cara- « vane qui veut se faire un nom par ses révé- « lations sur le colonel Flatters. »

Je n'insiste pas.

Comme on le voit, la manœuvre était habile et méritait de réussir. En présence d'une telle situation, il me fallait ou me taire et être, par conséquent, réduit au rôle de simple « donneur de renseignements », ou protester et faire rectifier la note — d'autant plus que les renseignements étaient inédits et m'étaient particuliers — et encourir alors la haine — une haine terrible puisqu'elle me réduit à la misère — du commandant Rebillet.

Mon intérêt de soldat se serait peut-être arrangé de la première combinaison ; mais ma dignité d'homme m'imposait le devoir d'accepter les conséquences, quelque terribles soient-elles, de la seconde.

C'est à ce dernier parti que je me suis arrêté; j'en subis aujourd'hui les tristes fins.

Devant une réalité aussi nette, le silence du commandant Rebillet, en ce qui concerne les survivants de la Mission Flatters apparaît clair et précis.

Divulguer immédiatement ce secret, eut été provoquer une émotion dans le Pays, la Presse se serait emparé de l'incident. Cela *m'aurait mis en évidence*, et le commandant Rebillet aurait perdu le bénéfice de la situation que me créait sa note première.

La plus grande frayeur du commandant Rebillet était que je n'aille directement à Paris, me faire valoir moi-même.

Aussi, a-t-il eu soin de me faire réintégrer dans les cadres dès mon arrivée à Porto-Novo d'où je fus dirigé sur Tunis par Oran.

Il fit mieux: il suspendit pendant trois mois la pension de 200 francs due à ma femme jusqu'à mon retour. Il craignait, sans doute, que celle-ci ne réalise des économies qui m'auraient permis d'aller à Paris.

Il voulait visiblement me reléguer dans l'ombre pour me dominer ou m'écraser facilement.

Du reste, il m'avait déjà calomnié auprès de

certaines personnes dignes de foi, avant même
qu'il ne reçoive de mes nouvelles.

La responsabilité la plus grave qui lui incombe, c'est son attitude plus que louche lorsque l'affaire fit du bruit.

Il a profité de sa haute position pour inspirer
à un journal de Tunis une campagne violente
contre moi. Pour cela il n'a pas craint de donner
à ce journal des renseignements *confidentiels et
d'ordre essentiellement* militaires. Enfin, il fit
tout ce qu'il put pour égarer l'opinion publique, en transformant la question Flatters en
une question personnelle.

Après tout cela, il n'a pas craint de faire au
Général Leclerc, devant moi, lors de l'enquête,
la déclaration suivante :

« *M. Djebari a dû me raconter l'affaire
« d'une manière fugitive que je n'ai pas bien
« saisie. Autrement, je me serais empressé,
« avant tout, d'aller de chez lui à l'Office
« Postal pour télégraphier la nouvelle à Paris.* »

Cette déclaration édifiante ne l'avait pas
empêché de continuer à faire publier des in-
fâmies sur mon compte à seule fin d'étouffer
l'affaire.

Et autres choses graves encore qu'il n'est pas
nécessaire de développer ici.

Que le Commandant ait, volontairement,
laissé la question Flatters dans l'ombre; qu'il
l'ait réellement oubliée, l'honneur, le devoir lui

indiquaient l'emploi d'autres moyens de se défendre. Qu'il ait voulu m'écraser par haine personnelle ou qu'il ait voulu s'éviter un blâme sévère de ne pas avoir communiqué la nouvelle en temps utile, il n'avait pas à chercher des faux fuyants pour perdre la cause de quatre vaillants Français aux yeux de l'autorité et de la France entière. Il était mon chef, il avait tant de moyens pour me nuire; sa négligence lui aurait valu quelques jours d'arrêt ce n'est pas une affaire. La vie de quatre vaillants comme les survivants de la mission Flatters est bien plus précieuse que toutes ces mesquineries.

Mais le commandant Rebillet en a jugé autrement; la France et l'histoire sauront bien flétrir sa conduite mieux que je ne saurai le faire.

. . . .

Ma tâche est terminée. La France est assez puissante pour pouvoir délivrer ses enfants. En tous cas, si je puis lui être utile, en cette occasion, ma vie est à son service. Je suis prêt à retourner chez les Touaregs pour chercher nos compatriotes.

Maintenant, la parole est à la Nation.

TABLE DES MATIÈRES

www.ingramcontent.com/pod-product-compliance
Lightning Source LLC
Chambersburg PA
CBHW060819250626
47162CB00005B/1866